現代散文 15

樂齡阿嬤來開講

王素真 著

博客思出版社

目錄

推 薦 序

樂齡人生，微笑以對，勇敢前行！

　　根據統計，我國這些年來人口出生率不斷下降，高齡化比例持續攀升，台灣已經逐漸邁入高齡社會，未來幾年更將進入超高齡社會，銀髮族的身心健康與照護，儼然已成政府施政重點，也是社會大眾關心的話題。（2021 年元月底的數據：台灣總人口數為 2,354 萬 8,633 人，其中 0 到 14 歲的幼年人口為 295 萬 4,824 人，佔 12.55%，15 至 64 歲的壯年人口為 1,679 萬 4,824 人，為 71.3%，65 歲以上的老年人口為 380 萬 3,633 人，佔 16.15%。）尤其，當我們自己也躋身六十五歲以上、成了法定老人時，亟需有位典範做參考，有個老師來教導，告訴我們銀髮族要如何過得健康、自在，俾能創造自己的樂齡人生。

　　很幸運的是，眼前就有一位樂齡典範。王素真主任是我相識、結緣三十年的老朋友、老同事，工作表現非常優秀而幹練，家庭經營更是用心而出色，令人欽佩。她無論是妻子、母親、媳婦、女兒、老師或阿嬤的每個人生腳色，都做得恰如其分，稱職且優異。如今，王主任退而不休，著述創作不輟，在教育專業之餘，轉向家庭書寫與樂齡寫作，這回她現身說法，將其六十五歲此時此刻的人生際遇、見聞、心情與懷想，分為心情篇、

感時篇、思親篇與懷舊篇，詳實而深刻地用文字記錄下來，和大家分享，我相信《樂齡阿嬤來開講》的出版，將可作為你我廣大樂齡一族的生活指引，人生參考指標，值得再三捧讀，省思、參酌與實踐。中壯年與年輕人也可藉著《樂齡阿嬤來開講》來理解家中長輩的心境與思維，增進家庭和諧。

　　我在王主任的生命故事裡，看到她尋常生活中的歡欣與悲戚，眼淚與汗水交織，酸甜苦澀兼具的真實人生，感同身受，也被深深感動和鼓舞；因為她確實是一位熱情溫暖、堅強勇敢，具有大智慧、又懂得生活的樂齡阿嬤。

　　人人都會變老，家家都會有樂齡長輩，樂齡人生該怎麼經營？同樣的，我前幾年也遭逢喪父又喪偶之痛，痛失至親與摯愛，體會過那種椎心之痛，必須自己轉念振作，拭淚、微笑、努力向前，才能慰藉逝者與關愛自己的親友，走向未來。慶幸蒙老天爺眷顧，時光流轉不曾停歇，在疫情肆虐期間，我家添了兒媳婦、又添了小孫子，女兒也結了婚、且剛剛多了小外孫女，新生命為全家帶來陽光與希望。樂齡人生，就是要微笑以對，勇敢前行。謹此特為推薦，並祝福王主任及所有讀者，平安健康，樂齡長青，闔家幸福！

教育部 110 年藝術教育貢獻獎
文化部 110 年國家級重要傳藝表演人間國寶
國立台灣戲曲學院前校長

鄭榮興

樂齡阿嬤分享生命的美與善

　　《樂齡阿嬤來開講》是我在新冠病毒COVID-19肆虐期間，自2019年末至2021兩三年間的際遇見聞、生活隨想和憶舊追懷，也就是一個半退休阿嬤將所見所思、自我對話轉為文字的書面呈現。阿嬤來開講，「開講」是閩南語，意即談天說地、說故事、聊聊天；樂齡阿嬤來開講，講的是：生活的滋味，生命的體悟，從真實的生命故事裡，分享人間的愛與善。老故事有新意，雖是老嫗常談，其意維新。

　　在這段病毒蔓延，疫情跌宕起伏，舉世困頓求生期間，無人能倖免於難，舉凡政治、經濟、民生、交通、教育、醫療乃至個人生命安全，全都受到影響，整個社會充滿憂煩、鬱悶、焦慮、惶惶不安的氛圍。我自許應沉著鎮定、平心靜氣地面對風雲詭譎的滔滔世局，俯仰之間，務求心安人安，讓自己「六五春風過，樂遊天下健健美，感恩知足樂多多」，於是集結了四十篇小文，分為四輯：輯一、心情寫真—抒情篇，輯二、生活感悟—感時篇，輯三、心頭人影—思親篇，輯四、陳年往事—懷舊篇，藉著文字，與眾人分享所見所思與生命故事。我相信「陽光」絕對和煦，可溫暖人心，老少咸

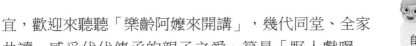

宜，歡迎來聽聽「樂齡阿嬤來開講」，幾代同堂、全家
共讀，感受代代傳承的親子之愛，算是「野人獻曝」
吧。

　　書中寫到我遽爾在 2020、2021 接連痛失老母與愛
女大寶，大悲無言，不免淚流不止、暗自哀泣，椎心
之痛，果真痛徹心扉！我知道人生如春夏秋冬四季流
轉，生命各有其時，大自然的一切，上帝自有美意與安
排，唯有順服與相信，打起精神，轉念，微笑以對，大
步向前，回復常軌，如常生活，才是存歿兩安，也是逝
者最大的期盼與安慰啊！是的，生命的意義就在傳揚人
間的美與善，愛永不止息；我將這生命故事紀錄、傳揚
開來，與親朋好友、師生故舊、舊雨新知一起重溫過往
的美好，希望大家珍惜現世情緣，相互惕勵頌禱、彼此
祝福未來，「一願世清平，二願身強健，三願與君常相
見。」

　　近日在 YouTube 聽到一首好聽的日本歌曲，是由
歌手岩崎宏美演唱的〈生命的理由〉，曲調恬靜優美，
歌詞尤其動人、震撼我心，她唱的是：

> 我來到這世上的理由，是為了與我的父母相遇。
>
> 我來到這世上的理由，是為了與我的手足相遇。
>
> 我來到這世上的理由，是為了與我的朋友們相遇。
>
> 我來到這世上的理由，是為了與最深愛的你相遇。
>
> 就像春天來臨，花自然會開；就像秋天到來，葉

子自然落下。

為了能變幸福，不論是誰，都是因為這樣而來到這世上。

就像悲傷的落花之後，會結出喜悅的果實。

我來到這世上的理由，是為了傷害在某處的誰。

我來到這世上的理由，是為了被某處的誰所傷害。

我來到這世上的理由，是為了被某個人而救贖。

我來到這世上的理由，是為了拯救在某處的誰。

就像夜晚降臨，天空自然會被黑暗染黑；就像早晨來臨，曙光自然照耀萬物。

為了能變幸福，不論是誰，都是因為這樣而來到這世上。

就像從悲傷的海洋那端，喜悅會滿盈而來。

我來到這世上的理由，是為了與深愛的你相遇。

我來到這世上的理由，是為了守護我最深愛的你。

　　樂齡阿嬤只是芸芸眾生裡的平凡小民，一個半退休的老師與資深軍眷，也是三個孩子的母親和三個小寶貝的阿嬤，一如你我他的大家。看著日升日落，我深知平凡的日子最幸福，我們來到這世上的理由，不都是為了與深愛的父母、手足、友朋、摯愛家人相遇？我們來到這世上的理由，不都是為了守護摯愛嗎？祈求歲月靜好，現世安穩，相信境隨心轉，所有的一切全在一念

之間，管他世局擾攘、大國博弈，理他政黨惡鬥、政客囂張，疾風不終朝、驟雨不終夜，一切上天自有安排，就讓我們好好守護摯愛與家人友伴，讓我們好好過日子吧！期盼阿嬤來開講可以陪伴大家度過每一個平安的晨夕，日日是好日，歲歲平安年。

王素真

輯一 心情寫真 ・ 抒情篇

• 1–1

阿嬤來開講：三月開春，願春常在

「淡淡的三月天，杜鵑花開在山坡上、杜鵑花開在小溪畔，多美麗啊！啊……」這首〈杜鵑花〉是與我同一世代的台灣孩子耳熟能詳的一首歌，時常情不自禁的隨口哼唱起來。春暖花開，大地復甦，只見桃花紅、李花白、櫻花粉嫩又多彩，杜鵑花更是妊紫嫣紅，增添滿園春色，招來無數蜂與蝶，這正是「暮春三月，江南草長，雜花生樹，群鶯亂飛。」的美好時節，大家都樂於賞春、嬉春和走春，春光明媚好遊賞啊。

其實，過了春節，過了元宵，公司行號早已開市開工，各級學校也都開學了，新年度已起跑好些時候了，「一年之計在於春」，開春，正意味著新年度工作的開始，大家應該要戮力「春耕」，不能再耽於逸樂，沉湎在長長年假氛圍中啦！這時候該挽起袖子，勤奮，振作，才是正道。新春開始，阿嬤來開講，談天說地，閒話人生，且來分享老太太點滴心情吧。阿嬤來開講，開麥啦！

● 三 A 人生觀

我喜歡依時依令過日子，懷抱期待，融入變化，享受豐實，這是生活自在有味的不二法門。

新年、元宵過了，就繼續盼著清明、端陽和中秋；

天地有情，人間留愛，白雲也聚成心形示意。（2021）

看著月曆，圈起家人生日、重要紀念日和慶賀記事；不
同的節令與重要時日，各有儀程、習俗、景物和吃食，

我對生活的態度，基本上是充滿希望「懷抱期待」，相信美好未來是等著我們去安排、準備與實現的。

其次，在懷抱期待之餘，更要融入四時節令變化中，「萬物靜觀皆自得，四時佳興與人同。道通天地有形外，思入風雲變態中。」細看大自然的千變萬化，省思人與自然的融合共榮、互惠共生。唯有如此心懷希望、融入變化，才能體會到豐富充實的生活，感知世界的美好，日子過得有滋有味啊。

我們常見到有些人，對生活提不起勁、對未來毫無期待，渾渾噩噩、過一天算一天，一切都是索然無味，問起今夕何夕，更是不知道，無所謂了。在這種不抱期待、不察變化之下，自然是生活無感，未來堪憂了。改善這類「無感」人生的辦法，就是：三 A 人生觀。

三 A 人生觀，是指 Aim、Attitude、Action，三個 A。面對自己的人生，第一要建立明確目標 Aim，知道自己想做什麼、要做什麼，對未來有計畫、有期待；其次，為實現目標，要能有虛懷若谷、謙冲自牧、勤懇踏實、知道感恩的生活態度，Attitude 態度也是關鍵；最後就是「坐而言不如起而行」，要有行動力，能夠執行，付諸行動 Action 才有機會看見成效。每一天、每一週、每一月、每學期、乃至每一年、每十年，我們都可以問自己：我三 A 了嗎？我的 Aim、Attitude、Action 在哪兒？

看三月開春，百花盛開，天地無言，不正開示我

們：懷抱著「信望愛」，對日子有期待，好好體會春光無限，生活必然豐美充實。三月開春，願春常在，三Ａ人生一定快樂自在。

但願春常在，家就是長春園，四季如春。

• 1–2

人生不留白，且留大愛與美善在人間

近日接連幾位軍政巨擘與演藝名人遽爾殞落，看這世事多變，生命無常，感觸良多，我們更當珍惜情緣，把握當下。為使人生不留白，不禁自問將來到底可以留下什麼在人間？

這一年（2020）自開春以來，便因新冠肺炎（COVID-19）瘟疫肆虐全球，從東亞到歐美，疫情蔓延，人人自危，又掛記著家人，滿心憂慮焦急，抑鬱難耐，為防疫必須「戴口罩、勤洗手、少出門」，想平靜過日，幾乎不太可能，似乎也染上了「新冠肺炎壓力症候群」，恐慌、焦慮、憂鬱油然生起，眼前都悶得發慌，哪能顧及長遠的未來？

今日週三沒課，是我的自由日、探母日、家事日，昨晚我已先將洗滌、晾曬、熨燙衣服的家事先做完，今早就剩到銀行繳交兩部車子牌照稅與兒子國民年金，還有回三重一趟看老母親了。其實，每週定期回娘家探視老母，也是我在疫情延燒之外的另一壓力來源。老媽日薄西山，我卻有如溺水的泅泳者，在心裡經常和自己搏鬥著、掙扎著。

平日我總時時提醒自己：要「平心、靜氣、緩步、留神」過日，結果卻還是臨事慌亂無章法！日前傾盆大雨開車返家途中，因視線不良意外碰撞，車子送修，今

天第一次改搭捷運回娘家，平日 10 多公里、15 分鐘車程，竟花費一個半小時才抵達，娘家路迢迢啊。出了捷運站，半世紀前的國小母校，小時候放學排路隊所走的街道，熟悉的街名，早已物是人非，全然陌生矣。回到家，見到老母，她卻只是昏睡得多、清醒得少，既不回應、也不交談了。我依例給老媽按摩腳趾和四肢，搓搓揉揉，一邊兀自叨叨補綴著家人與自己的近況，可老媽不曾留意，也不言語，就讓我唱著獨腳戲。我憂焚在心，看到老媽正一步一步走遠，無聲無息的逐漸遠去，可以預知的告別時刻可能就在未知的前頭，一思及此，我心更難平靜，踽踽獨行於回程的捷運站裡，在人潮中倍覺孤單。

老媽高齡 90，失智六年、臥床二個月，現在無法下床、不言語、需照護。看著媽媽一步步退化，我心也煎熬著。老媽是一個身不由己的童養媳，長大後是擁有一技之長的童裝師傅，同時也是個為家庭與兒孫鞠躬盡瘁奉獻一生的小人物；如今一個原本愛漂亮、有主見的老太太，也只能聽人安排，無法自理一切了。不知老媽的人生可有遺憾？做女兒的我，究竟還能為老媽做些什麼？讓她在人間留下什麼？

洪蘭教授說：「一個人能夠名流千古，並不是他為自己做了什麼，而是他為別人做的犧牲與奉獻。」的確，人只有在全心為別人謀福利時，才會感到真正的快樂。當我們自知生命快走到盡頭時，回首來時路，可有留下什麼雪泥鴻爪？我的老媽媽一生雖沒創造什麼豐功

偉業，也沒享受過什麼佳餚美食，更不曾遊覽過什麼名山大川，但她撐起家庭，教養我們姊弟三個長大成人，男婚女嫁，各有所成，親恩浩蕩，昊天罔極，當我們報效國家社會時，更當報答親恩。想到這兒，我知道當一個老師，我在教學指導學生之餘，在「樂齡寫作」推廣班上，也指導樂齡族書寫生命故事，我就把老媽的故事記錄下來，把老媽的大愛與美善傳承下去吧！

雖然疫情嚴峻，老媽失智無語，我心憂焚，但如此這般思考之後，還有什麼可焦慮的呢？人生不留白，就讓我們留下生命的大愛與美善在人間吧。

窗台裡外，天地不言，道盡人生事。

• 1–3

我的六五感言，老派兒的

　　網路上流傳一篇文字瀟灑、逗趣十足的短文，標題為「我在工研院的老闆（許友耕）65 歲生日感言」，那是許友耕滿 65 歲（2019 年），正式加入法定銀髮族的行列，領到敬老卡，隨手寫的文字，他提醒自己千萬別做七件蠢事。許友耕提醒自己別做的蠢事是：

　　※ 萬萬不可自以為是，倚老賣老，別以為你那幾招現在還管用。

　　※ 別說辛苦了一輩子，幻想蓋間夢想中的房子來享福，若真動手去做才是自找麻煩。

　　※ 也別說辛苦了一輩子，買輛好車犒賞自己，別沒事找輛名貴轎車來伺候著。

　　※ 別為其他不相干的身外事窮操心，吃得下，拉得出，笑得大聲，睡得安穩最重要。

　　※ 別再為人生設定目標為難自己，例如一年內練好毛筆字、兩個月學會游泳等，別給自己壓力。

　　※ 別誤會來日方長而拼命養生，老化退化是自然現象，不要錯誤期待，過度養生。

　　※ 以及最重要的第七件——網路上、電視中那些「一生必遊的十大景點」、「必讀的 30 本好書」、「非吃不可的美食」，看了聽了千萬別

當真。因為，日子要怎麼過，完全是自己說了算！關別人什麼事？

總之，自在，知足，身心平衡，最重要。許友耕說：「這年紀了，吃得下，拉得出，笑得大聲，睡得安穩最重要，其他身外事無須操心。」因為「國家興亡，兩岸局勢，年輕人未來，交給能人去吧，別瞎操心，別想太多，看看不爽就罵幾句，自己生命真正相關的無非就是一口氣吧，其餘多是身外事，不相干的。」一點兒也沒錯！他給自己 65 歲生日寫了貼在門上的對聯，上聯：**樂開懷年歲不計**，下聯：**好子弟富貴何求**，橫批：**春風六五時**。果真是：神仙本是閒人做，安身立命最逍遙！

我比較老派，也不夠幽默，自認耍不出新招，對工研院的許先生很佩服，也認同其觀點，但真要說說「六五感言」，我或許較偏好正面積極的表述：

生日祝願，祈祝我家人友朋安康順勢，歲月靜好。

※ 要有老窩，一個安身之處。室雅何需大，花香不在多；不再買新屋，老房子也不要變賣，或早早過戶給兒孫，留個窩兒好安身。

※ 要有老本，足夠的養老金。人是英雄，錢是膽；靠山山倒，靠人人跑，靠自己最好。要能不做伸手牌，自給自足自規劃，老本要留住。

※ 要有老身，身體要健朗。注意營養均衡、適度運動和規律作息，健康是第一要務，養老養身莫養病，樂觀積極又豁達才是真理。

※ 要有老伴，身邊有人相伴。世上多個人牽掛是幸福，旅途多個人相伴是福氣，人生到老能多個人相知相伴，更是幸運。無論是老友或老伴兒，伴侶關係要經營、要聯繫。

※ 要學到老，有好奇心、肯多學習。世界多新奇，以前沒機會學的、現代新鮮問世的，嚐鮮嚐鮮，既是圓夢，也不錯過潮流。

※ 要玩到老，遊遍四海。趁著身子健朗、耳聰目明、體力尚足、神智也清明時，好好欣賞美好世界、自然奇景、多元文化、歷史軌跡，旅行是最高等級的人生學習，尊重與包容。

※ 還有，要留個老名聲，寄託風中。虎死留皮，人死留名；最後離世隨風而去時，總要留個好名聲，讓人懷想，偶而念起，不是詈罵連連。所以，即使是六五春風過，人生的夕陽時刻也

一生一世牽手情，同遊寰宇在池上。

　　可長可久，還有時間可以為自己建立形象，將來予人思念。

　　總之，我的六五感言是：夕陽無限好，正因近黃昏。上聯：**樂遊天下健健美**，下聯：**感恩知足愛多多**。橫批：**六五春風過**。身為職場退休的樂齡族，現階段要多愛自己一點，要享受第四個甚至第五個二十年的第三人生，要健康美麗，要學習成長，也要回饋奉獻，才不枉來綺麗世界走一遭。加油。

冬日隨想：陪同看診與勞動行走

台北的冬日，霪雨霏霏，濕濕冷冷的，逕自聽著唐麥克林紀念梵谷的老歌，Starry starry night（Vincent）一遍又一遍循環，工作攤開在眼前就是疏懶，不夠認真也不夠積極。好吧，喝杯咖啡，就開工，否則一向自詡處事積極認真的我，就要破功啦！上工。

● 陪同看診

因受疫情影響，2020 年從年頭到年尾，許多聚會群聚都延遲或取消，只能在電話視訊或在網路上彼此問候而已，我們就藉著 2021 新年伊始，給至親好友寄上羊肉爐小禮物，是關懷也是祝福，可暖身又暖心，而且還可順著羊肉爐的話題聊聊天，相互關懷，看來羊肉爐真是個「好藉口」。

老長官馬校長和師母向來關心晚輩幼小，送去羊肉爐小禮時，聊起一年前約定的「酸白菜火鍋」之約，何時履約？校長卻不肯讓師母忙，原來師母耳鳴暈眩，體能不如往昔矣。我家老先生知道後，立馬為師母安排熟識的醫院與醫師做詳細檢查，車輛接送、看診陪伴、隨行照顧，全都計劃周全，我就受命專責陪同看診，陪伴陪伴。

校長與師母都已八旬上下，雖仍健朗精神矍鑠，但

也難免老化退化並伴隨些小毛病。日前我陪著看診、檢查、驗血，得知原來師母耳鳴暈眩兩年前就發生了，在做過檢測與問診後，醫師為深入瞭解全盤狀況，又安排幾項相關檢查，所以我下週還有兩回，繼續陪伴。

陪伴過程中，師母叨叨訴說著：天氣冷，她身上的毛料大衣，是好多年前陪同校長赴美時穿過的，今兒個穿第二回；腳上的刷毛皮靴，保暖又舒適，是到瑞士看女兒時，女兒給買的；還有她數十年來都是自己幫校長修剪頭髮，前一陣子自覺做不好，沒動手，校長竟索性留起鬍子和頭髮，不修邊幅，最近才上理髮店又恢復清爽……。師母也聊著孩子們的戀愛和婚配經過，女兒的、兒子的，還有我家老先生和我的，以及師母特別關心的官校學生的故事，老人家的關愛與提點，表露無遺。我很感恩，看到馬校長和師母鶼鰈情深，不必言說，生活中點點滴滴都是愛，正是我們的標竿典範；尤其他們優雅、自在、知足、惜福的日常，為我們示範著長者的生活，快樂活到老的真諦就當如此：心情交給自己，身體交給醫生，生命交給上帝。

對酒當歌，人生幾何！譬如朝露，去日苦多。在醫院裡，最能深刻感受到生老病死，是生命的必然歷程，它就在眼前上演、在身旁經過，人人都逃避不了，我們要把握生命中的每一美好時刻，好好活在當下，更加珍惜自己和家人友朋的情緣，人生有愛最美！有愛最是幸福！

陪師母看診，人生有愛最美。（2021）

● 勞動行走

　　我發現化解思念老母的良方是：勞動、運動和外出行走，所以我如常生活，還帶著老媽的證件與我同行，以緩解失恃之痛！

　　老母去年九月底辭世，剛過百日，我仍會不時想著她。早起看天涼了，想問問老媽人在哪？正做什麼？可有添加衣服？吃飯時，也想著做仙成佛的老媽，不知雲遊何方？向來吃得儉省的她，可有開發新餐食？開車出門時，我也想著老媽，這兒我曾帶她走過，十月時台灣欒樹滿樹嫣紅，蒜香藤也正對時，我從民權東路到成

如常生活，心安
人安，四海家人
同安。

（2021 大寶家）

功路，一路隨著車流看風景，不知老媽是否也看到了？
十一月咱家門口九重葛盛開，大鳴大放，花期又長，很
是可觀；接著十二月茶花也豔麗綻放，持續不歇；而老
媽手植的那叢紅竹，二十年來一直是紅心綠葉生機盎
然，這是我日日關心，定期施肥、澆灌、理芳菲的勞動
成果，希望老媽也來瞧瞧，巡視一番。

　　我讓自己如常生活，回復正軌，照著日程表早晚照

顧小光上下學、週一二到校上課、週四打拳運動，週三原本是回三重陪老媽（長照到宅沐浴服務日），還有清理屋宇洗衣晾曬和熨衣服的家事日。結果，老媽走了，我突然空出大半天來，前幾週常彳亍獨行、或開車踅繞著，心好似掏空了，人也恍惚了。

所幸，很快找到方法：整理花圃、打掃環境、洗曬被褥、熨燙衣褲、收納電扇、還有買菜做飯，小光的大湖清完、再清理瓏山林，勞動流汗可以專注，又有成就感。還有打太極拳，做八段錦，運動可以健身又轉移注意，能夠全神貫注，又怡情養性。這勞動加運動之後，我再度回復電池滿格的金頂兔狀態，可以如昔出門參與活動了。

終於經過兩個月的勞動與運動，調養生息，平復心情，十二月我隨我家老先生出門小旅行，到屏東、到台東，也飛金門、到大小金與大膽，我告訴自己：皮夾裡有帶著老媽的免費乘車證和我的長青證、敬老卡，咱們可以四處悠遊去了。放心，沈道長有給我平安符，我也隨身攜帶，安心了。我深深了解：自求心安就有平安，關懷他人就有幸福。所以，咱家老先生苦心孤詣完成村史《汶浦風華》，堪比博士論文的廿三萬字鉅著，十一月底出版，我是編輯兼校對，也跟著協助參與新書發表分享活動，從金門、台北、台中到高雄，還連四場呢。能夠如常生活，勞動行走，我很好，一切正常，感謝，謝天謝地，謝謝大家。

樂齡阿嬤來開講

老後準備：想做，就不要等待

日前看到訂閱的電子報一篇「橘世代」人物報導，有位即將滿60的資深棒球球評曾文誠說：「**昨日太小，明日太老，現在剛剛好！想做，就不要等待。**」他由於10年前（2009）母親罹患癌症，發現不到半年就離世，接著陸續有很多朋友過世，因而大受震撼，深感生命無常，要把握當下；原本他和一般人一樣，總認為很多事可以退休後再做，但現在他覺得：想做的事就去做，不要等待。

曾文誠主張：人生第一個25年，努力學習；第二個25年，努力工作；第三個25年以後，就努力做自己！於是，2年前他把公司無償交棒給年輕人接手，但深愛棒球運動的他，並沒有退休，一週仍工作3天，歡喜地與觀眾互動繼續做球評；同時他還做了很多有意思的事：跑全馬、單車環島、徒步環島、又跑超馬、還無師自學電子琴與繪畫，他還陪太太學做菜和做手工藝⋯⋯。看曾文誠想做什麼，就不要等待，趁著現在快樂做自己，這不是很棒的50後規劃嗎？很值得做你我的參考樣本了。

確實，昨日太小，明日太老，現在剛剛好！想做，就不要等待。但對年過花甲的我輩而言，上有老、下有小，家中高齡耆老與幼齡孫孫都還需要關懷、陪伴與照

顧，因為愛而牽牽絆絆、心心念念，親子情緣代代相繫，是甜蜜的負荷，也是無法割捨的幸福，只有且行且珍惜，心底默頌祝禱著老小闔家平安健康，最是要緊。尤其是身處「夾心層」初老的我們，更要照顧好自己的健康，做個樂齡族，不給正為家庭事業拼搏闖蕩的青壯兒女添麻煩，因為有健康，才能有夢想，也才有機會快樂做自己。

雖說「生老病死」乃是人生常態，有新生就必有死亡，但我總希冀能有福氣地誕生、成長、茁壯直到終老，健健康康少疾厄。可是環顧身旁，尊長失智老病纏身者有之，中壯友人突罹惡疾者有之，甚至有年輕親友提早下車，告別人世，無法「攜手人生，相偕終老」者，教人悲歡莫名，難以言喻，遺憾萬千。健康，健康，健康實在太重要了。

為了自己與家人的健康，我們以平常心，注意營養、運動、睡眠與作息，在日常規律生活中，上班工作、讀書寫作、運動健身、出外旅遊、聯繫親友……，保持恬然自適的好心情，針對「老後」先做好心理準備與調適。首先是到醫院定期體檢，從健康檢查中及早發現、及早治療，坦然面對，把身體交給醫生，把生命交給上帝，把心情交給自己吧。

暑假裡七月下旬，我和先生一起去做體檢，當日報告一出來，看到我胃黏膜下有腫瘤，醫生立刻安排腸胃科門診複檢，我忐忑不安地上網搜尋許多相關資訊，隔

幾日八月初見了腸胃科主任，醫生說做內視鏡切片檢查意義不大（良性機率高，做切片無意義，且內視鏡無法同時手術處理），就直接轉外科直接處理吧。然後外科主任說，百分百屬良性基質瘤，先做超音波詳細檢查，若要手術就安排九月開學後吧。結果，原本已有心理準備要捱上一刀的我，去看報告時被告知，腫瘤僅 0.7 公分，且三年來體檢均未增大，不必處理，免開刀，八月中就放心赴美探親旅遊去吧。

　　「**做好準備**」與「**坦然面對**」正是我對自己「老後」的心理調適兩大要項。除了健康管理，對財務規劃、生活安排、親友聯繫，我也是抱著相同態度，凡事豫則立，萬事有準備、有方向，心裡有底兒，就一切安適自在了。前幾個月，我和先生蒐集資料，去參觀了康寧生活會館，老人養生住宅，發現居住費用超高，恐非能力所及，還是自己的老窩兒好。所以，我打算整理一下瓏山林老宅，老舊管線、防水雨遮、牆壁粉刷、家具汰換、照片掃瞄，還有衣櫥清理，以「斷、捨、離」的態度，還給自己一個清爽、自在、舒適的未來。

　　這「減法人生」當然也適用於花錢購物、親友往來，不必要的花費可省下來，鮮少聯繫的親友亦可刪除。把自己和至親摯友照顧好，緊緊守住「老身、老伴、老窩、老友、老本」這五老，想要快樂做自己，就不必委屈、憋屈過日啦。我記得孔老夫子在《論語》公冶長篇裡和學生各言其志時，曾說自己的志向是：「**老者安之，朋友信之，少者懷之。**」但願年老時能夠安享

幸福，朋友能夠信任他，年少子弟都能得到關懷。在《禮記》禮運大同篇裡，也說到：「**老有所終，壯有所用，幼有所長。**」希望老年人能安享清福終老，壯年人能為社會各有所用，幼少孩童能被教養成長。這確實是一個令人嚮往的理想境地，大道推行、天下為公、世界大同：人人各司其職，社會一片祥和。我期待老年高齡，康泰健朗，期頤享嵩壽，這是多麼美好的禮讚與祝福！

期許一起變老，新年同訪小女兒新居。（2021 新竹）

・1–6

疫情蔓延中，見到溫情與勇氣

新冠病毒（COVID-19）疫情自2019年底（2019.12），於湖北武漢爆發以後，疫情蔓延熾烈，擴散至世界各地，各國也都加強防疫大作戰，戰情緊張，這幾天日韓香港疫情格外險峻，但大家也紛紛捐贈大批救助物資，期望武漢疫情得以早日控制，走出災厄陰霾，這是地球村人們充分體現相互支援的人道與善意表現，當然，對武漢乃至中國疫情抱持冷漠、敵對、排斥甚至仇恨態度者，也是在所難免，仍有其人存在。

今年二月初（2020.02），武漢感染新冠病毒肺炎確診者已達萬人，居民千萬的大城封城隔離控管（01/23封城），醫療人力與物資需求孔急，隨著疫情資訊的更新，死亡人數不斷攀升，可以想見那「天地不仁，以生民為芻狗」，哀鴻遍野的慘狀。到底我們能為武漢的人們做些什麼？我們要如何表達心中的友善與支持呢？

感人的是我看到新聞報導，截至二月七日，鄰國日本各界已捐贈有防護口罩633.8萬餘個、防護手套104.7萬餘副、體溫計1.6萬餘個、大型CT檢測設備（價值人民幣300萬元），以及防護帽、防護鞋、鞋套、消毒用品等等，還有累計捐款3,060.2萬元人民幣……等。支援源源不絕，馳援陸續送達，溫情無底

線。尤其扣人心弦的是，日本人在救援物資包裝上所寫的字句，我看得眼酸楚、心脹痛，徹底融化了。

最令我動容的是，二月中在網路上見到湖北收到「日本漢語水準考試 HSK 事務所」支援湖北高校的醫療物資，有兩萬個口罩和一批紅外線體溫計，紙箱標籤上方寫著「加油！中國」，下方有八個字：**「山川異域，風月同天」**。意思是：儘管我們所處的山川是在不同的國家，但領受的清風明月卻是在同一個天空下。感動之餘，查證這典雅又溫馨的話語，典出日本真人元開所撰《東征傳》（又稱《鑑真和尚東征傳》，是研究鑑真和尚與日本佛法的重要典籍。）在西元 779 年唐朝時，日本長屋親王贈送大唐千件袈裟，上繡一偈「山川異域，風月同天；寄諸佛子，共結來緣。」當時高僧鑒真大師被此偈文感動，遂決心東渡弘法，於是才有唐代高僧鑑真東渡日本，弘揚佛法的美事傳揚至今。

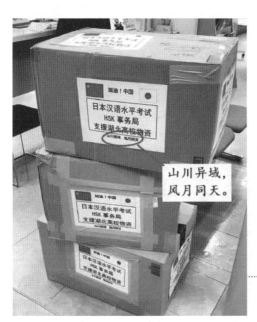

日人送暖：山川異域，風月同天。（2020）

同樣感人，充滿善意的，還有 NPO 法人仁心會聯合日本湖北總商會等四家機構第一時間捐贈湖北 3800 套杜邦防護服，包裝紙箱上寫著：「**豈曰無衣，與子同裳。**」語出《詩經·秦風》，意思是：怎麼說沒有衣服穿呢？來，我們同穿一件戰裙。日本舞鶴市馳援大連的物資上寫著：「**青山一道同雲雨，明月何曾是兩鄉。**」這是唐朝詩人王昌齡的〈送柴侍御〉詩句，原詩「沅水通波接武岡，送君不覺有離傷。青山一道同雲雨，明月何曾是兩鄉。」意思是：沅江的波浪連接著武岡，送別你，我不覺得有離別的傷感。你我一路相連的青山共沐風雨，同頂一輪明月，又何曾身處兩地呢？而日本富山縣捐贈遼寧的包裹則寫著：「**遼河雪融，富山花開；同氣連枝，共盼春來。**」這語句改編自南朝梁周興嗣的《千字文》，意思是：

暖心送愛：青山一道同雲雨，明月何曾是兩鄉。（2020）

寒冬會過去，春季會到來，雪融花開，我們兩地聲氣相連，同盼春來，有我們是一家人的意味。

這些暖心的文字與援助行動，引起許多人的注意與討論，就連大陸外交部發言人華春瑩也看到日本人這些暖心舉動，她說：「**病毒無情，人有情。疫情是一時的，友情是長久的。**」我想舉世滔滔，天災人禍頻仍，意外巨變難測，險阻荊棘處處，蒼生黎庶求生存原本就不容易，再加上國際間政治紛爭與競逐風雲詭譎，國家之間歷史的恩怨情仇糾葛纏繞，人們想求個國泰民安，安居樂業，就更為艱辛了。而今，武漢爆發新冠病毒肺炎疫情，災情慘重，無論歷史恩怨或國際現實，中日之間矛盾複雜萬端，但日本人慨然捐輸馳援武漢，不僅伸出援手，還以這麼溫暖的字句送來溫暖撫慰人心，實在令我感動莫名，真心敬佩。我相信怨憎之心不會升起慈悲，若無寬容只會增長怨憎的種子更快速發芽。謝謝你們，日本朋友。讓我們一起祈禱疫情早日平息，我們可以和國際友人牽手同聲高唱：WE ARE THE WORLD！

在新冠病毒（COVID-19）疫情蔓延中，我也讀到大陸年輕獨立思考作家沉雁的一段文字，值得深思。沉雁提到：17世紀中期，歐洲爆發了一場空前絕後的烈性傳染病，黑死病，一年不到，歐洲人口就減掉一半。而英倫半島以倫敦為中心的中南部正是黑死病重災區，但非常奇蹟的是，英倫半島的中北部卻倖免於難。神奇在哪裡？

在英倫半島的南北接壤處有一個村，叫亞姆村。某天從倫敦來的一個商人將黑死病帶了進村裡。很快的，這個只有 344 人的小村莊就人心惶惶，村民們紛紛就想朝北部逃離。一個叫威廉莫柏桑的牧師站了出來，他堅決反對村民們朝北逃離，他對村民們說：「誰也不知道自己是否感染黑死病，如果已經感染了，逃與不逃都是死，但逃出去一定會傳染更多人。所以，留下來吧，讓我們把善良傳遞下去，後人會因禍得福。」

村民們在威廉牧師的勸說下，都紛紛表示願意留下來，牧師率領村民在亞姆村的北出口築起了一道石牆，相當於今天的交通設卡堵路，以免有人翻出這道牆。但接下來的情況非常不妙，在黑死病的肆虐下，村民們紛紛死去。直到黑死病消失，這個 344 人的小村莊最後只有 33 人僥倖存活下來，其中一大半是未成年的孩子，威廉牧師自己也死於黑死病。

但就是這個亞姆村，成功阻截了黑死病朝北傳播，為英倫半島留下了一個後花園。當時，威廉牧師讓每一個垂危的病人都提前寫好自己的墓誌銘，於是，今天去曼徹斯特旁邊亞姆村的遊客，都能看到三百多座基碑上那些催人淚下的語言。

威廉牧師的墓碑只寫了一句：「請把善良傳遞下去。」一位醫生寫給回娘家的妻子是：「原諒我不能給你更多的愛，因為他們需要我。」曠工萊德寫給女兒的是：「親愛的孩子，你見證了父母與村民們的偉

大。」……。這是信仰的力量，即便是死，也要善良，也不能喪失對人之愛。

　　這個英國曼徹斯特亞姆村的故事，可歌可泣，我們在面對生死與大愛的抉擇時，能否一如亞姆村民和威廉牧師一般，有勇氣堅定守護正義大愛，願意捨己為人呢？眼前的新冠病毒（COVID-19）疫情或許就是對人們的一場勇氣試煉與考驗。

疫情中的獨白：人生，如果還有明天

　　我很喜歡哼唱薛岳的〈如果還有明天〉：「如果還有明天，你想怎樣裝扮你的臉？如果沒有明天，要怎麼說再見？」尤其是這「百年一疫」COVID-19新冠肺炎肆虐全球的當下，看到世事多變，舉世動盪，人心惶惶，不禁也自問：如果還有明天，你想怎樣裝扮你的臉？如果沒有明天，要怎麼說再見？檢視自己眼前的生活狀況，自省人生路，這時節，憂急焦慮無濟於事，唯有沉著淡定安靜自律以對，期待世界早日定靖回穩。「靜」就是此時最好的座右銘吧。

　　因應新冠病毒疫情持續延燒，人們改變生活型態，勤洗手、戴口罩、少出門、不聚會；人際社交距離也拉遠了，人人保持一米半的社交距離，各國也紛紛封城鎖國，禁止集會聚集，地球似乎靜止了。大家只能貯備好戰疫物資，各自隔離，宅在家裡，以對抗病毒。精神科醫師說，對抗病毒，抵抗力最強的人都有幾項共同特徵：正常的作息、充足的睡眠、固定的運動休閒、均衡的營養，以及良好的人際關係與社交活動。說到底，其實就是世事雖「無常」，我們卻須「如常」過日，保持規律正常，來度過尋常歲月啊。

　　清明節（4/4）那天，我看到臉書上一則特別動人的分享，是疫情滔滔中，一位生命典範人物的生死身

教。共同設計過現代主義經典建築 Boston City Hall 波士頓市政大樓（去年 2019 剛落成 50 週年）的建築大師 Michael McKinnell，因感染新冠肺炎去世了。

新聞報導 84 歲的 Michael McKinnell 知道自己新冠肺炎確診後，拒絕使用呼吸器，並要求善終，而在隔離中的妻子也無法探望他和勸他改變決定。他的妻子 Stephanie Mallis 轉述，McKinnell 戴著氧氣罩，只想做人生最後一項設計：他致電妻，跟她商討墳墓的設計，他心目中，那將是在他們家後面的一片小花園。他在形容這設計時，妻子一邊在電話上聽，一邊畫草圖。

他們的家在海邊城市 Rockport，對著大西洋，家後園有座通向海的小丘。他希望在小丘的幾級之下，撒下自己的骨灰、順著花的方向，鋪上一塊平的花崗岩，在其之上放滿白玫瑰，在岩石刻上 Stephanie and Michael。他問她，你覺得這樣可以嗎？Stephanie Mallis 也是建築師，她該會加上自己的想法，將設計完成吧。在交代這設計過後翌日，這位建築師就離世了。

McKinnell 是一位生命的勇者，令人欽敬，「如常」面對生死。國內日前（3/30）也有一位重量級人物殞落，前行政院長、參謀總長、一級上將郝柏村先生，享一零一嵩壽（1919–2020），郝龍斌說其父「出生入死，奉獻一生」，父親是他心目中真正的英雄，「他定義自己是盡責的老兵、盡責的公務員，而且他覺得他這一生都很精彩，走的時候特別告訴我們，他沒有任何遺

憾。」郝柏村過去常講自己是一個軍人，一輩子都在整軍備戰，但最怕的就是有戰爭發生，他希望永遠維持台灣和平安全。這是郝柏村終生的職志，也是其臨終的願望；我敬佩郝總長參與對日抗戰、八二三戰役，出生入死以性命保家衛國；我敬佩郝院長，劍及履及愛台保民，廉政清明；尤其是退休後，二十七年時間親撰史事見聞共五百萬字出版，著作等身，必將不朽。

知名主持人陳文茜家中院子裡的扶桑花開了，一夜風雨之後，一朵花，四樣情。一名喜愛花藝的朋友說：「這是用愛澆灌的。」一位景觀設計師朋友望著花的華麗紛繽，感嘆：「扶桑可以色澤醉人。」一位詩人朋友則詠詞：「花眸慈悲，夜雨是天地的眼淚……。」陳文茜拍下這朵花，也寫下心情：「此時花開，彼時花落。風大了，折枝斷裂；帶著傷痕，隔年歲月，它依舊燦爛奪目，如期歸來。同一朵花，每個人看花的美，或詩嘆或感受都不同。」生命如花，你又怎麼看呢？

看看別人，想想自己。「如果還有明天，你想怎樣裝扮你的臉？如果沒有明天，要怎麼說再見？」我要仔細琢磨琢磨，我的人生路，該如何謝幕得好！

〈如果還有明天〉歌詞：

如果還有明天，你想怎樣裝扮你的臉？如果沒有明天，要怎麼說再見？

我們都有看不開的時候，總有冷落自己的舉動。但是我一定會提醒自己，如果還有明天。

我們都有傷心的時候，總不在乎這種感受。但是我要把握每次感動，如果還有明天。

如果你看出我的遲疑，是不是你也想要問我：究竟有多少事沒有做？如果還有明天。

如果真的還能夠有明天，是否能把事情都做完？是否一切也將雲消煙散？如果沒有明天。

（主唱：薛岳，作詞：劉偉仁，作曲：劉偉仁，編曲：Chris Babida。1990.03）

祖孫同行，人生路就是愛的旅程。（2021 內湖）

43

• 1–8

新年小感：心繫家人，積極造福

2020 新年伊始，元旦假期濕濕冷冷的，工作攤開在眼前，但人就是疏懶，逕自聽著伍佰的歌，不夠認真也不夠積極。好吧，喝杯咖啡，就開工！想到馬克吐溫的話才是正道，「*The secret to getting ahead is getting started.*」前進的秘訣就在開工，Go, Start！

台北的冬日，時而霪雨霏霏，時而乍暖還寒，冷熱無常；但自家小花圃絲毫不受天候影響，姹紫豔紅，爭

新年大團圓，家就是愛的圓心。（2020.1.25 雅加達）

相怒放，滿園和諧靜美，賞心悅目，天晴澆水之餘，我不由得駐足流連注目，火鶴花綠葉青翠盎然，朵朵豔紅飽滿豐盈，甚至心形還是重瓣，如對對母子相擁呢！白掌花也展露綽約風姿，卓然屹立月餘而不萎；豔紅飽滿的茶花則正是花期，層次分明、笑靨盈盈，燦爛至極。看大自然真神奇，四季運行，天地無言，厚德載物，孕育萬物。人在大自然中，也不過是個寄居的小小過客，尋自在、求生存，就要順應自然，崇敬天地，「天行健，君子以自強不息」，我們切莫懈怠，天道酬勤，我就從整理眼前的花木開始吧。

　　一個人在家，我每日晨昏與幾株花草樹木相看兩不厭，就和家人一般，相親相依，有伴侶的溫暖感覺。一個人？沒錯，我愛花愛樹愛家人，當家人不在身旁時，這花花草草就是我的伴兒，朝夕相親一如家人。正巧，這些天，老先生赴日開會、參訪、見學兼旅遊，不在家。人雖不在家，倒是一路傳回幾幀輕井澤與富士山雪景照分享，回家還給全家大大小小都準備了禮物，獨獨忘了犒賞他自己。我照料完花草，也是趕早出門去照顧寶貝小光，幼幼班上下學要接送，還要張羅小娃兒吃飯洗澡等等，一家老老小小、海內海外、身旁的、遠處的，無遠弗屆，全都在我的惦記牽掛範圍圈圈裡。看來愛家人遠甚於自己，似乎是我和老先生這輩人共同的人生觀了。我們從年少到白髮，上有老，下有小，要孝養長上、撫愛幼小，代代相承，家庭綿延，傳家保國，就是生命的意義所在，積極造福了。

惜緣惜福，積極造福，歲月靜好。（2020.1.3 富士山）

　　每一個人總會想要追求樂活自在的人生，也為自己和家人打造一個溫暖的家，因為家就是我們人生一輩子周旋的核心，生命的起點始於此，生命的終點也回歸於此；是以我們一生奮力拼搏，努力營造家人可以世世代代安居樂業的家園。放眼自身周遭，我總是滿懷感恩，感謝老父老母當年生下我，養育我，栽培我；感謝成長過程中，一路呵護照顧我的祖父母、叔嬸姑姨、師長同學友朋們，大家都是我生命中的貴人，造就了今日的我。長大結婚成家後，我的家人更添增了摯愛與公婆、小叔弟妹，還有自己的兒女，從祖祖輩輩到父母叔嬸，到兄弟手足，再到夫家親人乃至兒女姪甥，現在我更多

了寶貝ＴＶ與小光小孫孫，一代又一代，愛的範疇日漸擴大，愛的力道也愈來愈強勁，我和多數人一樣總是在為愛付出，奔走工作、養家餬口，為了營造一個「老者安之，少者懷之，朋友信之」的美好家國，追求個人的一世安穩，更想望家人能世代安樂。

新年頭、舊年尾，回首走過2019，散居台美星印海內外的家人尚稱粗安，雖長者年歲日增，耄耋之齡難免小恙，幼小也偶有風寒，但悉心照護克服小癙與風波，沉靜平穩匍匐前進度日，惜福感恩放心頭，我們虔誠敬謹迎向2020，期待家人和友朋四季平安，健康順利，祝禱年年歲月靜好！

還記得五年前此時（2015年初），我在華府大寶女兒那兒，幫忙坐月子並照顧新生兒小Ｖ與Ｔ寶寶，在家中看著窗外冬日大雪，忍不住為冰凍、酷寒、美麗的雪景向大自然致敬。那天早晨（1月6日）大雪紛飛，氣溫攝氏零下6度，地面枝椏樹叢車頂一片雪白，積雪至足脛厚達20餘公分，銀白世界煞是壯觀、美麗！但大雪天出門也是危險，小朋友學校延後2小時上課，大人正常上班，大寶開車前先剷雪除冰，且地面濕滑，她就有同事車打滑360度迴轉，有人車遭碰撞車禍事故，有人平日半小時車程開了2小時，真是危險！我們嬤孫三人在家避寒，憑窗看雪，倒也溫馨，一日吃喝玩樂、睡覺洗澡，別有樂趣。近午，天晴雪停，剷雪車來剷雪清車道，地面留下冰雪水漬痕跡。雪霽晴朗，雪花雖不再落下，天氣依然嚴寒，試試踩在雪地上，腳下

脆脆的、不堅硬稍帶柔軟，卻會打滑，才一會兒工夫，手已凍紅、臉也僵冷，入門雪靴上有雪花與水漬，細看果真是六角形的雪花朵朵！

四海同心，海外的新年更有滋味。（2021.1 華府）

　　北美雪霽至今印象鮮明，難以忘懷；阿嬤的心也分隔成一塊塊，有一片就留在遙遠的美國華府，時時思念著 TV 寶貝與大寶一家，還有刻在馬里蘭求學的小多兒，此刻美東是否下雪了？要穿暖和，出入注意安全啊。阿嬤的心有一片就放在眼前台北家中，關照著小光

寶貝和小皮女兒一家子，還有我的娘家老母親、手足與家人、親友們。當然，我的心還有一片留在南洋的家裡，心繫著旅居印尼的公公婆婆老人家與弟妹姪兒諸多家人。我總是念到、想到我摯愛的家人，除夕圍爐我們即將團聚，此時「一夜鄉心五處同」，我們應該心有靈犀，相互惦記著吧？現在我要準備給小娃兒們的春節紅包與新衣服，趕緊寄送國際包裹，還有早已備就要帶去雅加達給老人家新年的春聯與年禮，其中最大的禮物，就是相聚與陪伴了。我珍惜著這親子情緣，一圈又一圈，一代又一代，我樂於為彼此積極造福，創造幸福。

寒冷的冬日，理好小花圃，踏進家門的剎那，有一種難以形容的溫暖，在心頭慢慢地擴張起來，充滿正能量，元氣滿格。因為我知道：遺憾的已隨風而去，感謝放入心頭，新的一年，我們一起齊步走！積極為家人造福，就是幸福。

• 1–9

老電影教會我的事之一：《土撥鼠之日》

在今年（2021）五六月疫情緊張時，因警戒升級，學校停課不停學，老師們改採線上教學，為充實學習內容、吸引學生目光，期末我給學生看了部經典老片《Groundhog Day》《土撥鼠之日》，台灣片名為《今天暫時停止》。同學透過線上課程，影片欣賞和討論，課後還上傳書面心得報告，回應熱烈，老師也十分欣慰，教學相長，大家都獲益。

維基百科介紹《Groundhog Day》《土撥鼠之日》說：這是 1993 年的美國奇幻喜劇片，由哈羅德‧雷米斯導演並與丹尼‧魯賓編劇，比爾‧莫瑞、安迪‧麥杜維和克里斯‧艾略特主演。莫瑞飾演憤世嫉俗的電視天氣預報員菲爾‧康納斯，在賓夕法尼亞州旁蘇托尼報導一年一度的土撥鼠日活動時，陷入時間循環，每天都在重複 2 月 2 日的經歷，而且只有他知情。本片 1993 年 2 月在美國上映，並獲得英國影藝學院電影獎最佳原創劇本獎。

我們常會有困居當下的厭煩時刻，對規律的生活深感索然無味，很想重新來過，倘若能換個人生，奮起振作，該有多好。只不過一切都屬空想，時間總是在自己的因循惰性裡悄然流逝，日子一再糾結迴環著。我看過《土撥鼠之日》氣象主播菲爾的際遇後，發現每日重複

過著二月二日土撥鼠節，其實，他並不是被困住，而是天賜莫大「恩典」，日復一日的時光，正好可以打造一個嶄新的自己，重新開始！多麼幸運！當我們認真的過每一天，把每一天當作是最後一天，享受當下時，將會得到超乎想像的愉快，以及意想不到的額外收穫。生活可以有無限可能！

《土撥鼠之日》台灣稱之為《今天暫時停止》，劇情說的是：氣象播報員菲爾被指派去採訪一年一度的土撥鼠日活動，而那隻土撥鼠明星菲爾恰巧就與他同名。對菲爾來說，這已是連續第四年的採訪，這項出差活動像是例行公事，激不起一絲熱情。採訪結束後因大雪封路而被困在小鎮，團隊決定在此多停留一日；但沒想到隔天菲爾醒來，發現居然還是二月二日土撥鼠日，而且日復一日地重複著過這一天！究竟菲爾該如何做才能結束這場「噩夢」呢？

電影前半段看到男主角菲爾困在二月二日，從一開始的驚慌失措，到後來對這上天給的懲罰，知道如何運用這日復一日的狀況去動歪腦筋，做些壞事。菲爾起初利用這個機會滿足各種私慾：哄騙女孩上床，偷錢，過著毫無法紀的生活，久了他發現沒什麼新鮮感與樂趣，於是他打算追求同行出差的節目新製作人麗塔。但他發現，即便他有著這日復一日的「特異功能」，但不論再怎樣的迎合，依舊無法攻破麗塔的芳心。當所有可以嘗試的事情都試過一輪之後，了無生趣的菲爾發現生活依舊毫無轉變及意義，他無計可施，即使去跳河、撞車、

若時間能暫停，我願留在此時此刻內溝溪畔，我的家。

自殺也徒勞無功，隔天醒來依舊又是新的二月二日這一天。

電影後半段，菲爾在心灰意冷之後，決定告訴麗塔他所遇到的狀況，在與麗塔討論後，菲爾決定改變自己，他要利用這個機會去認識這個小鎮的每一個人，了解每個人的生活狀況，而且利用這個日復一日的狀況去充實自己，幫助小鎮上的每個人。為了不虛度光陰，菲爾甚至還練起了鋼琴，學法文以及冰雕，他利用時間的優勢將自己磨練成師了。原本對生活中所有事物都毫無

興致，待人態度也是傲慢不羈的菲爾，就此改變自己，脫胎換骨，天助自助加人助，使他成了一個全新的人。正因如此，所以最後他贏得麗塔肯定，抱得美人歸。整部電影充滿奇幻曲折，情節發展合乎人性而又新奇引人，趣味十足；故事的轉折關鍵，就在菲爾改變了自我認知，在重新審視自己之後，他認知到：我們雖改變不了命定生死的安排，但可以改變自己面對人生各種狀況與處世的心態，故而他能改變自己，破繭重生，最後有個溫馨結局。

視訊上網課，大家一起看電影。（2021.6）

在《Groundhog Day》《土撥鼠之日》電影欣賞的課後討論與心得報告中，我看到十六七歲的大孩子們

也有獨到見解，令人眼睛為之一亮。諸如：蔡彭深入分析菲爾這個腳色的心理變化，很有層次感，先由倨傲自滿、驚恐慌亂，到玩世不恭、沮喪茫然，以至改變自我、關懷周遭，我似乎看到一個未來的大導演即將誕生呢。還有佳倫從人性角度著眼，談遭遇挫折時的應變態度，再結合個人經驗自我鼓勵，使得看電影成為很勵志的活動。大多數同學都能輕鬆看電影，從小故事中看出大道理，人生一切安排都是最好的，存好心，做好事，愛己愛人，自然會有好結果。

從電影回到真實人生，我們不太可能會遇上菲爾這種「今天暫時停止」的事情，但當我們每天過著機械式的生活，宛如行屍走肉時，似乎也已經把自己的生活暫時「停滯」了！如果真是「暫時」停滯還好，倘若年復一年持續地虛度光陰，那就會是「一輩子」的停滯，想想這有多可怕！明日復明日，明日何其多，每每想努力，想振作，想改變時，我們常常會告訴自己：從明天再開始吧！今天就讓我偷懶最後一天。但其實人生有限，未來不可知，你能掌握的時間並不長，生活如果想要有所改變，絕對是要從今天開始，立即做出行動，認真地活在當下，這樣才有機會開拓出通往幸福的道路，開創嶄新美好的明天。

總之，這部電影教會我的，就是：改變自己的心態，才是成功的關鍵。人生這牌局，不論你手上拿到什麼牌，都可以打成好牌，只要你想清楚，認定目標，立馬行動，即知即行！相信與人為善，天助自助人助，行

善必有福！

　　附記延伸學習：二月二日土撥鼠日（Groundhog Day），是北美地區的一個傳統節日。根據傳說，如果當天土撥鼠能看到牠自己的影子，那麼北美的冬天還有6個星期才會結束。如果牠看不到影子，春天不久就會來臨。土撥鼠日最大的盛會是在美國賓夕凡尼亞州的小鎮旁蘇托尼，由當地最著名的天氣預測土撥鼠「費爾」公布天氣預測結果。

老電影教會我的事之二：《生活多美好》

在今年（2021）五、六月台北疫情緊張，提升至三級警戒期間，學校關閉校園，老師改採線上授課，與學生互動。學期末我給學生看的第二部歷久彌新的經典老片是《It's a Wonderful Life》《生活多美好》，台灣稱之《風雲人物》。片子導演是法蘭克・卡普拉（Frank Capra），詹姆斯・史都華（James Stewart）主演，原本1946年上映時為黑白片，後來有彩色片發行，至今70多年來仍頗有口碑。這是一部聖誕經典電影，許多人幾乎每年必看，溫故知新。2006年，此片上映整整60年後，美國電影學會還將其評選為百年來最偉大的勵志電影，這麼有意義的經典之作，我們豈能錯過？

這個聖誕奇幻故事，維基百科上如此介紹電影劇情：詹姆斯・史都華飾演的小鎮青年喬治・貝禮（George Bailey），他家經營儲蓄貸款公司，父親是負責人，叔叔比利是合夥人。喬治志在離開家鄉到大學求學，成為傑出的建築師，並遊歷世界、一展抱負。但他總是為了幫助別人而一再犧牲自己的理想。

小時候的喬治，就因為躍入冰水中拯救他的弟弟哈利，導致一隻耳朵失聰；小喬治在藥房打工，想要提醒老闆給病人的藥拿錯了，卻遭到心情不佳的老闆誤會；長大後的喬治，必須耽擱大學學業，回家接掌家

族事業，等待哈利高中畢業可以接手。但是當哈利高中畢業時，他們的父親突然去世。鎮上的大財閥波特願以高價收購他們的公司，開出的條件十分優厚，非常吸引喬治，可以給貝禮家一大筆錢，讓喬治得以離鄉去闖天下。但是喬治知道波特的為人及答應他的後果，就是波特意在壟斷全鎮的金脈，任由他放高利貸，全鎮窮人將任憑他宰割。後來董事會同意喬治拒絕波特的收購請求，不過他們知道哈利年輕、比利叔叔才識平庸，因此決議由喬治接任公司負責人。

哈利上大學了，接管父親公司的喬治，只得繼續耽擱自己的志向，等待哈利大學畢業後再來接手。可是哈利大學畢業時，卻帶回來新婚妻子，並且表示他的岳父已經提供工作機會。喬治一輩子要留在鎮上看來已成定局，看到弟弟、同學、朋友紛紛在外地發展事業，心中不免感到落寞。

喬治和青梅竹馬的女友瑪麗結婚了，可是由於他們在經濟大蕭條期間幫助過許多鄉親，因而新婚蜜月旅行的經費也犧牲，沒了。因為許多窮困鎮民靠著貝禮公司的低利息貸款，得以擁有自己的房子，他們為了感謝喬治及瑪麗，將社區取名為「貝禮莊園」。

二次世界大戰期間，哈利成為美國海軍航空隊的飛行員，因為擊落數架敵機，救了軍艦上數百名官兵獲頒國會榮譽勳章，空戰英雄上了報紙頭條。相對的，喬治則因單耳失聰，想和當時大部分青年一樣報效國家卻不

可得。

　　這日正是歲末年終聖誕節的前一天，比利叔叔正要將一筆 8000 美元的鉅款存進銀行時，遇到了波特。

生活多美好，今生今世每一日都是最好的時刻。

糊塗的比利把哈利上新聞的報紙拿給波特看，竟不小心把錢夾在報紙裡。波特一看這是摧毀貝里公司的大好機會，趁機把錢藏了起來。偏偏銀行稽查員就在聖誕節前一天下午來查帳，貝禮公司立刻陷入虧空的危機。

身為公司負責人的喬治，想到自己一輩子捨己為人，還落得身敗名裂的下場，他不知該如何告訴家中準備過聖誕節的妻子與四個孩子，抱著生病的小女兒，喬治熱淚盈眶。他想到惟一可以彌補 8000 元虧空的方法，就是自己的人壽保險，於是在平安夜他準備跳河自殺，一了百了。

就在這時候，上帝悲憫喬治的遭遇，派遣天使從天而降，天使讓他回顧過往的人生，看看他從小到大幫助了多少人，他的存在對多少人具有重大的意義，這世界如果沒有他，將會發生什麼事？

如果沒有喬治，弟弟哈利早就溺水夭折，二戰時海軍的數百名官兵更無從得救；如果沒有喬治，那名藥房老闆早就因為給錯藥，導致病人死亡而鋃鐺入獄；沒有喬治，打出生就要與他結為終身伴侶的瑪麗，將成為栖栖惶惶的老小姐，四名可愛的兒女也將不會出生；沒有喬治，鎮上的窮人早就被波特剝削得民不聊生，「貝禮莊園」當然也不存在，全鎮都變成波特的「關係企業」，而且到處都是腐化墮落的聲色場所，連地名索性也改為「波特村」，喬治的朋友一個個也被感染成勢利小人。……喬治沮喪地逃到當初他企圖跳河的地方不住

地禱告，希望上帝能讓他回到原來的生活。就在此時，一切都回復正常，喬治於是懷著感恩的心回到家裡。

家人相聚，是最美好的等待與守候。（2020.1 雅加達）

此時瑪麗、比利叔叔和眾多鎮民從外面湧進，知道真相的瑪麗與比利叔叔把喬治受困的消息散佈出去，他們的親友、以及曾受貝禮公司幫助的鄉親紛紛解囊。喬治在國外的同學拍電報過來，願意立刻免息借給他們兩萬五千元。得知喬治遭難的哈利從外地匆匆趕回，正好見到這一幕動人的景象。哈利對眾人說道：「敬我的大哥喬治，全鎮最富有的人！」於是這個平安夜，就在天使在天界微笑，喬治抱著妻兒，站在聖誕樹前，在親友鎮民們的簇擁下，大家合唱著蘇格蘭民謠《友誼萬歲》溫馨歌聲中落幕。

欣賞過經典老片《It's a Wonderful Life》《生活多美好》之後，我們討論電影想告訴大家什麼？同學們多半能從故事裡看出施比受更有福，人生最重要的資產，就是人與人之間的良好互助的關係。所以，喬治在天使的幫助下，發現自己對許多人是多麼重要，多麼有意義，而且在他最困頓、最需要幫忙的時刻，那些以前曾經受過他幫助的人，全都回過頭來幫助他。這就是「善」的循環。

我則提醒同學，這部電影要教我們的是：一個人的生命價值，就在他對其他人是否有幫助，具有意義。喬治因為有機會重新看見自己生命的意義，而打消自殺的念頭，生命可貴，因為你值得，因為大家都需要你。我喜歡電影結束前的一幕：喬治站在朋友和家人圍繞的客廳裡，當他把女兒抱在懷裡時，聽到聖誕樹上鈴聲響起。女兒說：「看！爸爸，老師說，每當鐘聲響起的時

候，就有一位天使會得到他的翅膀。」因為喬治曾幫助過受傷的天使，而天使也幫助過喬治，愛在人間循環不息，聖誕節正是傳達愛的時候。

　　總之，這部老電影不但談信仰，也勸人珍惜生命，最重要的是它透露一個訊息：天生我材必有用。每個人活在世上，都有很重要的價值，如果沒有你，那些受過你幫助的人就得不到幫助；如果沒有你，那些愛你的人將會失去生命的重心。所以或許連你自己都不知道，原來你活在世上竟然有那麼重要，因為你的存在，可以影響到別人的人生。我想聖誕節看這經典老片，除了可增添節日氣氛與懷舊，更讓人懂得珍愛自己，珍愛家人與親朋好友。

瞬間即永恆，美東深秋的團聚永駐心頭。（2021.11 華府）

輯二　生活感悟・感時篇

五四小感，過程說

　　我期許自己對這時代有反應，或說是對生活的「過程」有體悟，能與人分享。

　　昨日是五四運動一百零一週年，五四運動捲起了各種的現代思潮，也使文學在本質上產生變化。

　　當年胡適、陳獨秀、林語堂等人所強調清新簡鍊的白話文至今被廣泛使用，引導現代文學的誕生。五四運動對現代思潮的深遠影響，他們所開啟的那一道門，至今也持續地反應著。

　　我們去年五四在學校推廣組開辦「樂齡寫作班」，今年初（2020.02）《樂齡寫作趣，上課囉！》師生合集正式出版，意義非凡，新書發表會（2020.03.20）更是備受肯定與讚揚，差堪告慰。

　　「所謂作家，就是能對時代起反應的人。」─林語堂。我們稱不上作家，只是樂於創作書寫，喜於記錄生命，傳揚美與善的樂齡一族。今年春夏之交，原本要繼續開課，繼續「樂齡寫作」，無奈新冠肺炎病毒肆虐，疫情攪局，我們開班暫停，課程順延，只得靜心等待，期待秋季天清氣朗，一切恢復正軌，我們又可以背著書包上學去囉。

　　目前全球都仍在防疫、抗疫中，許多人的工作被

迫暫停或改變形式，許多經濟活動蕭條了，交通運輸稀疏緩了，世界似乎被按了暫停鍵。但我很幸運仍舊可以持續於公寫作、上課、帶學生，於私理家、探親、帶孫子，我就把這段防疫生活當成劇幕間的中場休息時間吧。換幕時間喘口氣，馬上幕起戲又開演囉。

珍惜生活中所有人事物與過程，可創造幸福。

　　生活中的點點滴滴，其實就是個過程，「享受過程」遠比「達到目的」還重要。我看到前些天名演員李立群的一段談話，分享他「箭的人生經驗」：箭悟。大意是，人們常過於刻意追求完美，太過執著，求好心切，演戲、繪畫均是。實則，執著的用意是要放棄執著，丟掉執著，好好享受準備與創作的過程。例如射

箭，揖讓而升，下而飲，其爭也君子。拉弓、射箭，瞄準、射出，那「射箭過程」就是最值得回味、最珍貴的體悟，與輸贏勝負何干？隨心所欲，樂在其中。

偉哉，過程說。人生不也如此？生活的點滴，喜怒哀樂，聚散歡憂，一切都是最好的安排，放下執著，享受過程，體會生活的萬般滋味，樂齡寫作就是趣味，有志一同者，盍興乎來？

七年前此時，在華府特區喬治城大學看那藍花白花鋪地，校園百餘年宏偉岩石建築，果然是應了〈蘭亭集序〉裡的字句：仰觀宇宙之大，俯察品類之盛。世界很大，個人很小，好好珍惜這生活中的人事物與過程吧。

• 2–2

我的「位置」在哪兒？

我的「位置」在哪兒？人生在世，不分古今中外、男女老少、從出生到離世，好像每個人一輩子都在為自己的位置而努力，想要為自己覓得一個安身立命，人生定位的最佳「位置」。不是嗎？

放完暑假，學校開學了，第一天上課，我一進辦公室就被通知：「王老師，我們這一幢樓準備拆除、改建新大樓，推廣組與出版組都將歸建回到教務處，所以您必須另外找位置了。」打從我退休返校兼課兼任義工，迄今十多年來，一直備受禮遇，先在研發處、後至推廣組，校方與老同事給我安插一個座位，有辦公桌、有電腦、還有電話，讓我在學校有個小窩兒可蹲，可以下課休息、批閱作文、還兼辦義工編務，早已習以為常，對此我心中滿是歡喜與感恩。而如今這「位置」要沒了，該去哪兒找地方安身呢？

心裡自忖著，偌大的校園，各單位多侷促，何處有我的位置？洽詢教務處，得到的答案竟是：「學校兼課教師本來就沒有位置，你自己想辦法吧。」第二週上課，得到後續進展的新消息，校方已安排廠商前來協商辦公桌椅設備搬遷事宜，費用估價完成，正簽案報備中。宛如晴天霹靂，大地一聲雷，警醒在此安逸十餘載的我，快快打包，這兒真沒你的「位置」了啊。再加

上暑假裡人事異動，辦公室推廣組長調校高昇離職，兩個約聘助理也到期離去，另一助理改為鐘點兼職工，頓時辦公室座位空蕩蕩的，頗有人去樓空、散戲關燈的蒼涼感！也罷，在此我還有課要上，要備課、要看作業，還有學生要關照，我仍被需要，就再另覓一處「位置」吧。

一個人在職場，工作事業上，可以靠著個人的努力，憑著績效，贏得信任與認同，而為自己爭取到一個「位置」。每個人成年後就業，養家活口、照顧家庭，也實現個人理想、回饋社會，這個人職場上的「位置」，也是許多人的生涯奮鬥目標，想要爭取的自我定位。我們會期許自己，也期許下一代，做個善良正直的人，做個有才能有專長的人，做個對人群有貢獻的人，不正是在尋覓人生價值、給自己定位的「位置」嗎？

有形的職場座位容易解決，努力、認真、必可找

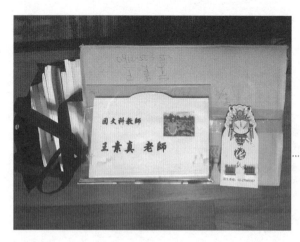

多年經營，一打包，僅此一小紙箱，回家吧。

到；不就有個角落、有張桌子椅子，做人能屈能伸，很簡單。至於無形的職場「位置」，關乎尊嚴與地位，則是需要嚴肅面對的人生課題。我一直以為「人生如戲」，努力扮演好自己的腳色，擔綱戲齣主角也好，邊配角色跑龍套也罷，上場時像個樣兒，該下場就退下，問心無愧，坦然微笑以對，把戲演好就行，大不了散戲退休了，回歸家庭，總還有個自己的「位置」。

看看我們周遭，一般打從孩子即將出世，多半為人父母的就會為他／她準備一張嬰兒床或搖籃，甚至布置一間嬰兒房，備齊娃兒的所有吃穿用品、奶瓶尿布嬰兒服，那是屬於家中一個新生命的「位置」。當這娃兒隨著時光流轉慢慢長大，成長茁壯，他／她會結婚、成家、孕育下一代，乃至他／她年老、退休、老去；每個人在家庭中，總會有那麼一個屬於自己的「空間」，一個房間、或是書房廚房工作間、或只是個簡易臥榻、甚至一個小角落也罷，那就是屬於「你」的「位置」。人們常說：「室雅何需大，花香不在多。」居室再小，只要主人品德高尚，情趣自必高雅；屋裡花兒再少，只要能散發花香即可；說的就是自家環境的高雅與格調，是操之在己，不必怨天尤人、怪命運、怪父母，自己在家中的「位置」，是「你」自主決定的。

家是最安全的避風港，也是最給力的加油站，在外面遭遇挫折、受了委屈，或是疲累倦怠、遇上瓶頸時，就回家去吧。家裡會有家人溫暖的雙臂給你擁抱，堅實的肩膀讓你倚靠，還會有個安全又私密的「位置」，供

你療傷、哭泣、發洩、沉澱、思考、奮起、再出發！小時候，我住三合院裡，和爸媽共睡一張紅眠床，床頂的木頭抽屜就是我的「秘密基地」，藏著我的寶貝紅球鞋與小王子雜誌，那是我童年歡樂與夢想的「位置」。當時，我幻想著：以後我的家要種一棵大樹，家裡要有自己的房間。果然成家之後，我和先生胼手胝足，努力打造自己的家園，經過數十年用心經營，搬家換房，屋子從十九坪、三十五坪、四十二坪到七八十坪，家裡廁所由一個、二個到三套衛浴，我們養大了三個孩子，現在連寶貝孫孫都有三個了，當然，小花圃裡有大樹，臥室、書房、廚房、餐廳、客廳裡全都有我的「位置」。

毌庸置疑的，一個人最自在舒適的地方，就是自己的「家」。印象深刻的是，這暑假我和先生赴美探親旅遊，大寶女兒陪著我們參訪華盛頓故居，看過一代偉人的家，讓我難忘，沉吟至今，低迴不已。喬治華盛頓（George Washington，1732-1799）的故居在維吉尼亞州維農山莊（Mount Vernon），佔地 3200 公頃，莊園裡老宅、房舍、農場、花園、樹林、甚至墓園，都復舊又維新，照顧得宛如 220 年前的景象，在發思古幽情之餘，更多欽讚與感佩！這是華盛頓將軍與其妻瑪莎的故居，就在波多馬克河畔，景緻優美，極其壯麗。當年華盛頓 帶領維吉尼亞軍隊擊敗英軍，取得獨立戰爭的勝利（1775-1783），隨後 1787 年他主持召開制憲會議，制定了美國憲法，1789 年他被推選為美國第一任總統。儘管當時他備受推崇，聲名顯赫，但他在擔任兩

屆總統後，自願拱手讓出軍權，卸任回到自己的家園維農山莊，就做一個農夫。這麼磊落、無私的開闊胸襟，堪稱舉世無雙！

位在河畔、鄉間的維農山莊，清幽而雅致，園區佔地遼闊，大樹林立，都有 200 年以上樹齡，愛樹的我看得心都飛了，這兒真是一個舒適的家。我們看了華盛頓的生平介紹展示，等於是美國的獨立建國史，一個為國為民的將軍，奉獻一生，實在了不起。再看從瑪莎角度製作的華盛頓愛情小影片，又感動其鐵漢柔情與鰜鰈情深的一面，瑪莎是個寡婦，帶著一兒一女與華盛頓結婚，一家人感情甚佳，他倆結褵逾 40 載。當我們回頭再看入口處華盛頓、瑪莎與二個娃兒（他們是瑪莎的孫子）在迎賓，更有感，更是佩服，人性的光輝與生命的真諦，在此已不需任何言說。

走在莊園裡，坐廊下看屋前波多馬克河水流悠悠，時光荏苒，似乎一切都靜止沉澱了。工人洗衣、做飯、畜羊牧馬、貯油刷漆、居宅與廳舍，陳設都復舊如昔，很有故事。尤其最最讓我震撼的是，當我走到老墓園、新墓園，竟然看到華盛頓夫婦的棺木就停柩眼前！外面只站了個女義工，國旗、花束簡單的佈置而已。一個世界偉人、美國國父，低調至此，令人不由得肅然起敬。這是華盛頓人生最後的歸處，生命永遠的「位置」，相信世世代代人們對他的崇敬，將在歷史上閃耀光輝，在眾人心底都會有華盛頓將軍的「位置」。

凡夫俗子如我，只能景仰讚佩華盛頓將軍，此生是不可能、也無能力效法他；或許可以參考一下孟老夫子，給自己找到生命的價值與「位置」。孟子曰：「君子有三樂，而王天下不與存焉。父母俱存，兄弟無故，一樂也；仰不愧於天，俯不怍於人，二樂也；得天下英才而教育之，三樂也。君子有三樂，而王天下不與存焉。」我就來追求這簡單一點的快樂吧。暫且保持一顆年輕的心，做個簡單的人，享受陽光和溫暖。生活裡處處都可以有自己的「位置」。

家是最後的堡壘，在某個角落，必有你的位置。

• 2–3

減法人生，就從「斷捨離」做起

下週各中小學校都要開學了，我今日早上在家花了半天把前兩天剛從學校搬回的紙箱與提袋整理好，起居室有一張我專屬的書桌，皮女兒房裡的電腦桌現在也歸我為使用，一人擁雙桌，好像太「披遍」（閩南語佔地遼闊，恣意擺布之意）了吧？其實，我是在實踐「斷捨離」的減法人生，心情五味雜陳，幾番翻攪，一邊清理一邊扔掉不少用不到的東西呢。

緣於學校計畫新建大樓，舊樓舍需拆遷，我在校兼課兼義工十多年（自 2006 起），一直有個小地方打尖，有張辦公桌和一台電腦可用，如今辦公室即將拆遷，日昨組長通知我去清理一下，我把上課用品打包、電腦清空，書本雜物全裝進一紙箱加個小提袋，心想，無處可去了，就帶回家吧。

回到家把東西先擱地板上，看看就這麼一小箱？似乎還可再精簡吧？一個人究竟需要多大空間？值得多大領域？別人給予你、尊崇你、為你安排的，其實最終都是零！最後都將化為千風，回到自然，能留存的，只有在記憶裡和史冊中。所以，《左傳》說的三不朽，立德、立功、立言，果然是真理。

真實生活中，平凡的你我，人人為食衣住行而奔

忙，我按部就班地為柴米油鹽、洗衣燒飯勞動著，眼前看得到的小光寶貝一天天在成長，老先生勠力完成的後浦頭村史也已經完成付梓，我們都日進有功，日子過得紮紮實實，這不就值得深感快慰嗎？別想太多，人生，簡單就是幸福，幸福很簡單。

從 2000 年起，日本興起一股「斷捨離」的生活收納與心靈改造風潮，引起廣大迴響，而且歷久不衰，我心有戚戚焉，深深嚮往，想立馬採取行動，尤其今年六五春風度，未來不可知，不免忐忑，心中暗藏著時間壓力，更應積極面對，就從「斷捨離」的減法人生做起吧！

「斷捨離」風潮源起於日本的山下英子，她早稻田大學文學部畢業，大學時開始學瑜珈，並透過瑜珈習得了放下心中執念的行法哲學，「斷行、捨行、離行」，後來她就以雜物管理諮詢師的身份，在日本各地舉辦講座，致力提倡「斷捨離」概念的雜物收納管理術，在日本引起全民風行的熱潮。

從日本盛行到台灣的「斷捨離」是什麼？「斷」是斷絕不必要的東西；「捨」是捨棄多餘的廢物；而不斷重複「斷」和「捨」，最後得到的狀態就是「離」，脫離對物品的執著。所以，我以為「斷捨離」是一種物品收納的人生哲學。是透過整理物品了解自己，整理心中的混沌，讓生活得更舒適的行動技術。換句話說，就是利用收拾家裡的雜物來整理內心的廢物，讓人生跟著轉

變的方法。總之，經由整理讓我們從「看得見的世界」走向「看不見的世界」，物質生活簡單，精神生活卻更富足了。

我常看不慣孩子不斷的買新東西回家，經年累月堆積如山，又不清理，看了十分礙眼，忍不住想動手代為清掃。只是反問自己和老先生不也是愛買、愛囤積嗎？五十步笑百步，要徹底改變思維與習慣，需要斷捨離清理的，何止是個人雜物的收納呢？人際關係恐怕也需要整理整理吧？

清理物品時，我們常會捨不得，惜物、怕浪費、以為日後還能用，而不問問「這個物品適合自己嗎」？事實上，**主角不是「物品」，而是「自己」。** 斷捨離就是要以「物品和自己的關係」來作取捨。不是「這個物品經常使用」→「留下來」，而是「我要用」→「有必要」的思考模式。主詞永遠都是「**自己**」，時間軸則永遠都是「**現在**」。現在對自己來說不需要的物品就儘管放手，只選擇需要的物品。這就是使人從「看得見的世界」走進「看不見的世界」的關鍵，幫助自己深入了解自己，連帶使心靈隨之輕鬆，照見最初原本的自己。

山下英子說過她和「斷捨離」的相遇。二十多年前，英子前往高野山的寺廟寄宿，她看見修行僧侶們對於必需品珍惜使用的態度，並將各個角落都清掃得乾乾淨淨，營造出令人神清氣爽的日常空間，那是一種與飯店不同感覺的清爽舒適。當時，雜誌和電視正好吹

起「收納術」風潮，非得將堆到滿出來的東西詳細地分類、整理、收納，就沒辦法進行整理──這就是我們的生活。仔細想想，我們的生活可說是連續不斷的「加法」，這個也想要、那個也想要，走上街，四處都充斥著物品，刺激消費。然而無論是物質上還是精神上，我們是不是連「讓自己混亂的物品」都扛上肩頭了呢？近距離觀察高野山的生活，讓英子察覺**將加法生活轉換為減法生活**的重要性，而最後引出的結果，就是英子將過去在瑜伽道場習得的「斷行」「捨行」「離行」，這個斬斷慾望，離開執著的修行哲學，轉換到物品和人類的關係上，進而展開行動。

我們的生活，是由日常生活中平凡無奇的家事構築而成，因此，要讓生活擁有「清爽的環境，神聖的空間」，可以從平常開始，就必須反覆進行維持。我們用不著閉上眼睛，也不用打坐，面對物品就是面對自己，整理房間就是整理自己。**並非心靈改變了行動，而是行動為心靈帶來了變化**，只要行動，心靈就會跟上腳步。換句話說，斷捨離就是一門禪學，行動哲學。

*Less is more！*要體驗斷捨離的簡單生活，且可同時達到整潔為強身之本的目標，收納整潔，簡單就是幸福。在《理想的簡單生活》書中曾提到：「絕大多數的人，在生命的旅程中，都攜帶了沉重甚至是超重的行李。」而你我可能都是這類型的人。所以適當的斷捨離，可以還你一個舒適的空間，視野上也較為廣闊，相

對心境上的轉變也就不言而喻了。

　　然而面對龐大而煩人的人事物，想要活得簡單而幸福也不容易，或許可以同樣靠著「整理」術，捨去人生不必要的垃圾，留下美好的部分，就會發現原來幸福正是簡單而平凡，心靈的富裕比起物質更令人滿足！希望改變人生，就先從斷捨離開始吧！我現在整完書桌，就接著打開衣櫥、打開書櫃、拉開抽屜，好好檢視、清理一番，找回簡單的幸福。對人也一樣，比照辦理，斷捨離，減法人生無負擔又清爽，舒適，自在。

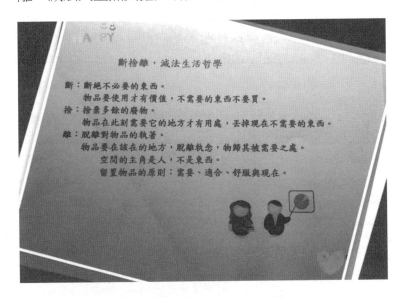

斷捨離，減法生活哲學

斷：斷絕不必要的東西。
　　物品要使用才有價值，不需要的東西不要買。
捨：捨棄多餘的廢物。
　　物品在此刻需要它的地方才有用處，丟掉現在不需要的東西。
離：脫離對物品的執著。
　　物品要在該在的地方，脫離執念，物歸其被需要之處。
　　空間的主角是人，不是東西。
　　留置物品的原則：需要、適合、舒服與現在。

從七里香說起：家鄉的味道

　　台北的夏日，總是酷熱高溫難耐，我只有趁著清晨驕陽未炙時，到戶外澆水，看小花圃裡綠意盎然，火鶴、白掌花態可人，尤其七里香正盛開著，綠樹白花、小家碧玉，清純素樸卻幽香濃郁，忍不住多聞幾下，沾染一身花香，想來七里香芬芳襲人，香氣遠勝過 NO.5 哩。

　　七里香，原名月橘，是常見的綠籬植栽，夏天、秋天開花，花香濃郁能飄散遠處，故有七里香、千里香、萬里香、滿山香等別名。我家與隔鄰就是以十數株的七里香做綠籬，蓊蓊鬱鬱，常綠耐看，而且香氣舒心，早晚聞香，心情沉靜恬適；是以幾年前老先生又為我添購兩株七里香盆栽回家，日日澆灌蒔花弄草之餘，既怡情養性，也品味生活況味。

七里香，幽香傳千里，是清純濃郁的思鄉之情。

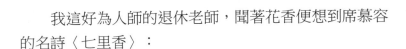

　　我這好為人師的退休老師，聞著花香便想到席慕容的名詩〈七里香〉：

> 溪水急著要流向海洋
> 浪潮卻渴望重回土地
> 在綠樹白花的籬前
> 曾那樣輕易地揮手道別
> 而滄桑了二十年後
> 我們的魂魄卻夜夜歸來
> 微風拂過時
> 便化做滿園的郁香

　　席慕容（1943 年生），全名穆倫·席連勃，蒙古族，原籍內蒙古察哈爾部，當代畫家、詩人、散文家。1963 年，席慕容臺灣師範大學美術系畢業，1966 年在比利時布魯塞爾皇家藝術學院完成進修，獲得比利時皇家金牌獎、布魯塞爾市政府金牌獎等多項獎項。著有詩集、散文集、畫冊及選本等五十餘種，《七里香》、《無怨的青春》、《一棵開花的樹》等詩篇膾炙人口，成為經典。席慕容的作品多寫愛情、人生、鄉愁，寫得極美，淡雅剔透，抒情靈動，飽含著對生命的摯愛真情，影響了整整一代人的成長歷程。〈七里香〉和〈一棵開花的樹〉更是我個人最喜愛的席慕容作品，現在重讀，體會更深。

　　〈七里香〉是一首思鄉詩，歷經歲月滄桑，驀然回首，家鄉的味道就在花香裡，魂縈夢繫。大家都說「追

夢少年輕別離，滄桑中年重故園」，就如詩的起首「**溪水急著要流向大海，浪潮卻渴望重回到土地**」，是啊，人生就是這樣，小時候急著要長大，長大了又急著奔赴前程，年少輕狂，躍躍欲試，急於闖蕩世界，成家立業，養兒育女，忙忙碌碌，隨著歲月流轉，才發現自己已經到了滄桑中年，少年不識愁滋味，不勝唏噓，感慨係之！

想當年壯志凌雲，勇闖天關，滿懷鴻鵠之志，輕易的揮手告別家園，追夢去，而今走過二十年滄桑，不由得思念起家園父老兄弟，家鄉可好？父兄可好？只是鄉關萬里，「念去去，千里煙波，暮靄沉沉楚天闊。」魂歸夢鄉，唯有在夢中，「魂魄」方可「夜夜歸來」，去親近那故園籬前的七里香，於是整個夢境裡便有一陣微風拂過，郁香滿園。

正如席慕容自己說的：「這些詩一直是寫給我自己看的，也是由於它們，才能使我看到自己，知道自己正處在生命中最美麗的時刻。」七里香就是這樣一首精美感人的小詩，飽含真摯熱切的思鄉之情。席慕容小時候生長在蒙古草原，這首〈七里香〉也真切傳達了她懷念故鄉，嚮往遼闊草原的思鄉之情。在詩中，席慕容雖未直接點題「七里香」，但處處可見其影蹤。故園籬前七里香的「綠樹白花」，雖經二十年歲月流光的無情洗禮，「微風拂過時」依然鮮活如初，「便化做滿園的郁香」，宛在眼前。七里香不僅一直盛開在遙遠的記憶裡，更是永遠綻放於遊子的心田上。

　　我等樂齡一族，年齡漸長，閱世漸深，更明白「此心繫故園，情懷追昨天」的心情，捧讀〈七里香〉特別有感。讀到詩末七里香「滿園的郁香」仿佛被賦予神奇的魔力，居然穿破厚重的時空之牆而陣陣襲來，頓時讓人沉醉迷失於這亦幻亦真的境界裡。七里香的白花、郁香，把二十年、千萬里的時空的裂痕，巧妙自然地融為一體，就這樣滿胸臆的思鄉情懷全被一株小小的七里香撫平了。建議大家，也栽植個七里香圍籬，或養兩盆七里香盆栽，夏秋之際可以細細品聞那綠樹白花的故鄉味道，濃郁幽香。

我愛七里香，此心繫
故園，情懷追昨天。

• 2-5

真善美，簡單幸福的人生態度

年滿六十五，已躋身法定老人，該屬樂齡族囉。大家都說人生如戲，戲如人生，轉眼之間自己這場人生大戲竟已過了大半。雖說青春不復返，體力也日漸衰微，加上身旁親長友伴偶傳辭世大去，難免感慨唏噓又傷痛；但晉身樂齡族，似乎也沒什麼不好，亮出敬老卡、長青卡，搭公車、上捷運、連社區小巴都免費，多光榮啊。何不趕緊抓住這人生夕陽時刻，努力做個受尊敬的老人家，才對得起手上的敬老卡，把握當下，且行且珍惜呢？我想，自我調適的第一步，就是要有淡然的心，好好整理整理自己的人生態度吧。

上了年紀免不了老花眼，白內障，外加近視，看東西或看人，太遠顯得不夠親密，太近卻又看得太明，自然而然就是最好的距離！可不是嗎？凡事不強求，順其自然，剛剛好就好。我們常說：「幸福很簡單，簡單很幸福。」走過漫漫長路，看過許多人事物的起落興跌、良善惡劣、爾虞我詐，一切都如雲煙消散，何必太過計較？網路曾傳一小段話，深得我心：

> 人生，活到了一定年齡，必須扔掉四樣東西：沒意義的酒局，不愛你的人，看不起你的親戚，虛情假意的朋友。

必須擁有四樣東西：揚在臉上的自信，長在心裡的善良，融進血液的骨氣，刻在生命裡的堅強。

你扔了幾項？又擁有幾項？我很慶幸，也很感恩，能夠擁有摯愛的家人，和許多真誠相待的親朋好友，我也心存善念、有自信、有骨氣、又堅強地過日子。當然，生活中也有可拋棄的人事物，被我臉書封鎖、解除朋友關係，不再聯繫往來，不用費心牽掛，不必放心上的，自然也就不值一哂囉。但是，做人，不分長少貴賤，唯一不能丟、不可少的，是一顆「感恩」的心！

人生就像一趟旅程，不知道行程終點在哪兒，而「感恩」是行囊中的必備品。打出世到長大，父母乃至爺奶叔伯姑嬸姨舅兄姊，家人是第一個感恩的對象；其次，要感恩師長、學友與同事同儕，在學業與事業一路的提攜、指導、呵護、相助與相伴；再者，最要感恩配偶老伴兒和兒孫，從愛情到親情到恩情，同甘苦共患難，人生因為有著摯愛的家人，才更豐富、更美好且圓滿。

抱持著「感恩」的心進入桑榆暮年，凡事便能「淡然」處之。人們總是愛攀比，汲汲營

蒜香藤四月十月，就在大湖公園旁綻放，單純的幸福。

美東維吉尼亞秋景宜人，柏克湖秋詩篇篇，誠真善美矣。

營忙碌大半人生，貪欲、計較、仇恨、算計，只為了贏過別人，站上高峰。實則每個人都有自己的活法，沒必要去複製他人的生活。有人表面風光，暗地裡卻不知流了多少眼淚；有人看似生活窘迫，實際上卻過得瀟灑快活。幸福沒有標準答案，快樂也不止一條道路；收回羨慕別人的眼光，反觀自己的內心：只要自己喜歡，就是最好的生活方式。

　　我們都將漸漸的老去，累了就歇，睏了就睡，餓了就吃，順其自然生活著。按著計畫去運動、去旅遊、

去學習、去訪友、去探親、去感受活著的美好，心情美麗，破事兒不放心裡，兩耳也不聽碎語，這就是「淡然」處事之道。老人家應該要隨心所欲，順其自然，要寄情山水，頤養天年；所以要淡泊名利，學會捨去，要熱愛生活，懂得珍惜。人不爭，一身輕鬆；事不比，一路暢通；心不求，一生平靜。

我常想，年輕時自詡是：積極進取、認真負責、熱情有勁王小真。現在年歲已長，步調慢了，不再衝州撞府急衝衝，這 slogan 口號似乎也該改了，我想留給孩子們什麼標誌呢？「真善美，簡單幸福王老真」嗎？

追求「真善美」，是我始終不渝的信念，真實、善良、美好，是我人生最高準則。我看不慣虛偽、欺騙、矯詐的人事物，希望能營造真誠善良而美好的世界，希望能追求簡單和諧的幸福。尤其這陣子，看到舉世滔滔，政壇詭譎，世局多變，人心難明，令人喟嘆。前些天，翻到幾句抄錄的自我提醒小語，正符合此階段心境，頗有暮鼓晨鐘醍醐灌頂的味道，值得收藏記下：

老人家自勉，收藏 11 金句：凡事剛剛好就好。讓人生不斷升級，才能解決大小問題。

1. 發覺自己慢慢變老，不必強求，凡事剛剛好就好。

2. 切莫回憶記得太多，感情放得太重。

3. 人生就是要不斷升級，才有辦法解決大小難題。

4. 不需要所有人理解，只要在乎的人瞭解。

5. 聽不完的酸言酸語，過得好就是最有力反擊。

6. 負面會讓人退縮，面對才能勇敢擺脫。

7. 決定想要的方向，義無反顧的前往。

8. 別習慣放棄，好命不是靠運氣。

9. 生活已經那麼累，就別再輕易流淚。

10. 不怕面對人生挫折，因為傷口終究會癒合。

11. 世界充滿競爭，但這就是人生。

宮本容子的幸福遺願：七日間

　　如果生命已到盡頭，你想和上帝祈求什麼？如果你此時能夠擁有健康的七日美好時光，你想要去做些什麼？日本婦人宮本容子寫著：「神啊，祈求賜我七天健康時光，我要親自下廚做很多你愛吃的料理；我要牽著你的手，重訪充滿回憶的公園；我要為我所有的兒孫開一個盛大的慶生會；⋯⋯最後我願被你牽著手，靜待萬事休。」

　　2019 年 3 月 9 日在日本《朝日新聞》上有篇宮本先生（71 歲）的投稿，內容是其妻容子臨終前寫下的〈七日〉遺願短詩，短詩雖然只是講述一些日常生活，平淡樸實，卻滿溢著夫妻間的恩愛。文末宮本英司也不忘向結褵 52 年的亡妻說一聲「謝謝」！《朝日新聞》刊出投稿後，感動了許多人，日本放送電視台 NHK 也在今年（2020）4 月製作成「微記錄」影片播出，迴響更大。

　　據日本媒體報導，宮本先生的妻子容子於 2018 年 11 月住進醫院，原本以為幾天後便能回家，甚至沒帶日常用品就去了醫院，沒想到住進醫院後就一去不回，2019 年 1 月病逝。妻子離世後，宮本先生在病塌前找到一本筆記本，容子在裡頭寫著一首名為〈七日〉的短詩，詩篇內雖沒有華麗的詞藻，但字裡行間卻能感受到

妻子對日常生活點滴的幸福感及對丈夫溫暖真摯的愛，宮本看了十分感動，便投稿至朝日新聞，他說：「當我完成葬禮並放下行李時，我開始覺得我可能記憶流失，會忘記每個人。如果把它印在報紙上，我就可以把它留很長一段時間。」宮本先生的投稿原文如下：

妻が願った最期の「七日間」

パート　宮本　英司
（神奈川県　71）

　1月中旬、妻容子が他界しました。入院ベッドの枕元のノートに「七日間」と題した詩を残して。

《神様お願い　この病室から抜け出して　七日間の元気な時間をください　一日目には台所に立って　料理をいっぱい作りたい　あなたが好きな餃子や肉味噌カレーもシチューも冷凍しておくわ》

妻は昨年11月、突然の入院となりました。すぐ帰るつもりで、身の回りのことを何も片付けずに。そのまま不帰の人となりました。詩の中で妻は二日目、織りかけのマフラーなど趣味の手芸を存分に楽しむ。三日目に身の回りを片付け、四日目は愛犬を連れて私とドライブに行く。《箱根がいいかな　思い出の公園手つなぎ歩く》

五日目、ケーキとプレゼントを11個用意して子と孫の誕生会を開く。六日目は友達と女子会でカラオケに行くのだ。そして七日目。《あなたと二人きり　静かに部屋で過ごしましょ　大塚博堂のCDかけて　ふたりの長いお話しましょ》

妻の願いは届きませんでした。詩の最後の場面を除いて。《私は　静かにあなたに手を執られながら　静かに時の来るのを待つわ》容子。2人の52年、ありがとう。

宮本英司老先生的報紙投稿，妻子的七日間。

● 「妻子最後的七日願望」

　　一月中旬，結髮妻容子去了另一個世界。她在病床

枕頭旁邊的筆記本，留下了一首名為〈七日〉的小詩。

> 祈求神明／讓我離開這病房／賜我七日健康的時光／第一日我要待在廚房／做各式各樣的料理／有你喜歡的餃子和味噌肉醬／咖哩和燉菜／也一併煮完送進冷凍室

妻子是去年 11 月突然住進醫院的，本以為調養幾天就能夠回家，甚至沒帶日常用品就去了醫院。沒想到就此一去不回。

妻子在詩中寫說：

> 第二日，要織完未完成的圍巾／盡情做自己喜愛的手工藝；第三日，要將家裡細碎物品整理妥當；第四日，牽著愛犬與我開車出門暢遊／去箱根好了／兩個人要手牽手／重訪當年留下回憶的公園；第五日，妻子要準備好 11 個生日蛋糕／11 份生日禮物／為所有兒孫開一個慶生會；第六日，要跟閨蜜們去唱卡拉 OK ／辦一個開心的女生聚會。然後是第七日，只想和你單獨在房中廝守／聽著大家博堂的歌曲／聊我們兩個人的事／長長久久。

妻子的願望沒有實現。除了這首詩的最後一節。「我願被你牽著手／靜靜的／靜靜的等到最後。」容子，我們走過了 52 年，謝謝妳。

〈七日〉全文

第一日

89

祈求神明讓我離開這病房，賜予我七日健康的時光。

第一天我要待在廚房做各式各樣的料理，做你喜歡的餃子和味噌肉醬，咖哩和燉菜也將一併煮完放進冰箱。

第二日

將未完成的圍巾織完，做自己喜愛的手工藝，將裁縫機好好裝進包裝盒，因為你再努力也做不了這種細活。

第三日

將一些小東西整理一下，在最喜歡的古織布和紅色緞綢裡寄存了想訴說的話，該讓誰收下它呢？

第四日

跟你以及我們的愛犬一起開車出遊，去箱根好了！兩個人要手牽手，重訪當年留下回憶的公園。

第五日

準備好 11 個生日蛋糕、11 份生日禮物，為所有兒孫準備一年份的生日慶生會。

第六日

跟我閨蜜們辦一個期待已久的女生聚會，喝一點酒也可以吧？在卡拉 OK 高歌的時候。

第七日

只想和你單獨在房中廝守，聽著大家博堂的歌曲，一直一直聊著我們的過去，我願被你牽著手，靜靜的、靜靜的等到最後。

● 如常即是幸福

其實，這短詩〈七日〉就是容子的「願望清單」。容子向上蒼祈求，希望上蒼再給她七日的時間，她想要在這七天要做的事情的清單，我特別有感於：「兩人要手牽手重訪當年留下回憶的公園」、「為你煮喜歡的餃子和味噌肉醬」和「為所有的兒孫們開一個盛大的慶生會」。可惜這〈七日〉七個平凡的願望大多未能實現，容子臨終前僅完成的最後願望，就是靜靜地牽著老伴的手直到最後。我看過 NHK 的報導後，再找出朝日新聞的詩篇，捧讀再三，深深感動，這不就是人生無憾的四道課題：「道謝、道愛、道歉、道別」嗎？如果還有明天，該怎麼說再見？藉著日常的餐食與聚會，和家人摯友說一聲謝謝、說我愛你們、說若有不對的對不住、說來生再見。我也和宮本容子有著同樣的願望，能過上平淡、平實、家人摯友安好的日子，「歲月靜好」就是最大幸福。

對照宮本容子的〈七日間〉，如果做媽媽、做妻子、做阿嬤、做老師的我，以一己之長，教學、寫作、編輯、策展，既為自己、也為家人家族留下生命的美好

印記；學樂器、做麵食與壯遊去，則是個人與至愛的家人分享生活愛好與美妙時刻；我覺得這也是圓滿又理想的「樂齡願望清單」，有物質、有精神，情愛和麵包兼具。

喔，我的「樂齡願望清單」沒有提到一項例行要務，每年我們有個群組聚會：「We Are Family」我們是一家人，家人至親、芳鄰好友與袍澤，群組年終相聚，是感恩會、忘年會、也是聯歡會、祈福會。有多少年了？應該有二十年傳統了吧？有時暑假旅美的兒孫返台，還會加開一場盛會呢。希望也將這「忘年會：年終歲末，家人親友袍澤芳鄰齊聚，好祝福。」列上第八項。生命如春夏秋冬四季運轉，生生不息，卻也花開花落各有其時；我們在體會時光美好的同時，莫忘「如常即是幸福」！平實平凡平淡的日子，最有滋味。

容子的七日詩，原本寫在筆記本上。

以自然為師，自強不息

今天 3 月 14 日，星期日，這是 2 月 14 日西洋情人節過後一個月，年輕人說是白色情人節，要回禮送花給上個月送巧克力和卡片的情人呢。

不過老人家不時興這一套，那玩不盡的情人節，從西洋情人節、白色情人節、到七夕中國情人節，花樣太多，既費神又傷荷包，我們倆兒還是如常的週末假日攜手健行運動、漫步賞花，比較實際。假日健走，親近大自然，有益身心。

● 自強不息莫傷春

今日內溝溪與樂活公園花訊：三月中旬，春日和暖，空氣品質不佳，天空灰黯陰沉有霧霾；溪畔步道櫻花多半已謝，只留少許淡淡粉色留枝頭；杜鵑花則是處處盛開，仍在花期中，姹紫嫣紅喜迎人。花開花落自有時，半點不由人。不禁隨口念起李後主的〈相見歡〉：「林花謝了春紅，太匆匆，無奈朝來寒雨，晚來風。胭脂淚，相留醉，幾時重？自是人生常恨水長東。」常人常情難免傷春感慨，時光荏苒確實太匆匆。

可我倒是不以為落花流水、季節輪迴、人世滄桑必然要憂傷悲情。你看，我家小花圃裡今早滿園春色，就是生生不息，希望無限啊。巴西鳶尾花是春天的美麗

以自然為師，深秋見葉落，春日又新生。（2021.11.16）

小天使，一日花，朝開暮謝，這星期正連續綻放中。自十二月就開花的兩株茶花，至今花開花謝連綿不斷，有落土化作春泥的、有嫩葉新生期待著下期再會的、也仍有許多含苞待放的，春去春來春常在。還有門口的九重葛更是四季常春，二月花謝三月又開，正準備再度進入一樹紫紅中，敬請期待。而那台階上的孤挺花綠意盎然，生機勃勃，已有三株花梗冒出頭，正等待人間四月天到來。

看春花凋零，花開花落，與其憐惜與傷感，不如以大自然為師，向花草樹木學習，學習「天行健，君子以自強不息。」春夏秋冬，四季迴轉反復，不同季節各有不同景致與任務。春花秋月夏雨冬雪，春耕夏耘秋收冬藏，天地萬物和平共存，生生不息，厚德載物和諧共榮。人生何嘗不是如此？從年少到青壯，從中壯到遲暮，每個階段老天爺都賦予我們不同的職責，學習成長、成家立業、貢獻社會、頤養天年。人生的春夏秋冬，不同時期，也各有美麗姿態與風光，從青春活潑、風姿綽約、成熟穩健、到優雅沉靜，四季皆有可觀啊。更重要的是，努力經營自己的人生，每個階段都設立目標，認真實踐，自強不息，為自己留下印記，生命不留白，這不正是大自然教導我們的生命意義嗎？

我從蒔花賞春中看到春花有開有落，然而從冬日大樹光禿禿中也正冒出新葉，我體會到勃發的生命力源於「堅持與認真」。少壯當努力，老大莫傷悲，老人家不可妄自菲薄，千萬別棄守。在周遭自強不息的樂活典

範中，我就很佩服我家老先生黃埔，他軍中退伍後，一邊轉職退輔會事業單位再就業，還一邊在職進修拿到博士學位，他更利用公餘埋首創作著述，這幾年陸續出版了《落番與軍眷》《故里鄉情》與村史《汶浦風華：地靈人傑後浦頭》，含博論至少超過八十萬字矣。現在老先生正繼續努力，撰寫軍旅憶舊、迷彩記事呢。家有典範，我豈能不快步跟上？找到目標，認真、堅持，以自然為師，莫傷春，也免悲秋，天行健，君子以自強不息啊！

內湖內溝溪畔，一月下旬已見早春櫻花開。（2022.1.26）

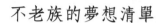

不老族的夢想清單

● 〈心事誰人知〉的沈文程，不是變老，只是繼續長大。

　　當年唱紅閩南語流行歌曲〈心事誰人知〉的知名藝人沈文程，以前在螢幕上總是一襲花衫、短髮、蓄鬍，歌聲嘹亮，渾身台味。與我年紀相仿的沈文程，現年64，媒體上再亮相時，竟自在地蓄著長髮，嘴上無毛，一臉乾淨，彷彿唱閩南語歌曲之前，那個長髮飄飄，彈起吉他無比狂野的搖滾歌手還在，沈文程覺得現在是最好的自己。他笑說：「我不是變老了，只是還在繼續長大。」

　　原來沈文程來自台東，年輕時迷上西洋音樂的金屬味，離鄉背井到台中，在西餐廳、俱樂部駐唱時，一頭長髮飄逸；後來以〈心事誰人知〉走紅，陸續出了許多台語專輯，唱片公司要他加入台味，才剪去長髮，蓄了鬍子，模樣判若兩人。

　　悠悠晃晃，一路走來，又唱歌、又演戲的沈文程，年紀漸長，眼睛老花、膝蓋退化，他自覺生理上該變的都變了，不過心卻沒變，他從不覺得自己老了，而是心還在不停長大。所以，以前蓄鬍，現在剃鬍，看鬍子長出來已經變白，就不再留了。60歲那年，他看到臉書

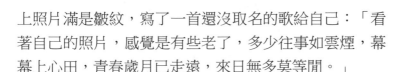

上照片滿是皺紋，寫了一首還沒取名的歌給自己：「看著自己的照片，感覺是有些老了，多少往事如雲煙，幕幕上心田，青春歲月已走遠，來日無多莫等閒。」

● **「無論幾歲都還要有夢想」，不老族的沈文程想要健康精彩演出。**

現在沈文程年紀大了，眉毛白了、頭髮褪色了，卻覺得都是最好的自己，還充滿熱情與憧憬。如果遇見20歲的自己，會給什麼建議？沈文程說，「我會告訴自己，無論到幾歲都還要有夢，每一次演出，都要像一道彩虹般奪目，無論是否是最後一道彩虹。」

對未來的自己呢？沈文程說，「期許能健健康康地活著，不能坐輪椅，因為那樣無法出門釣魚，好好照顧自己，不拖累家人，就像國外有80歲的老婆婆還在騎重機，那就是我想像的自己。」

● **「人生心願清單」列了些什麼？一路玩到掛，幸福真諦。**

有一部2007年上映的美國電影《The Bucket List》，台灣上映時翻譯為《一路玩到掛》。這部片子講述兩個癌症末期病人如何面對癌為他們帶來的「死刑」，和他們如何在餘下的日子裡度過豐盛和歡樂的人生；片子中文譯為「一路玩到掛」，並非玩得太過盡興而死，而是在生命結束前，列出想做而未曾做過的事，完成心願清單，好好地享受他們生命的最後時光，片子

美東維吉尼亞大瀑布，是波多馬克河源頭，四季皆可觀。

發人深省，頗值得細看與深思。

　　故事說的是兩個原本互不相識、生活天差地遠的人，愛德華是擁有許多醫院資產富饒的富翁，卡特則為修車廠師傅，兩人因癌末住同一病房而相識；有一天卡特想起大一時哲學教授指派的作業：The Bucket List，就是寫下當下想完成的事，亦即心願清單，於是在病榻上卡特開始動筆，愛德華知道後決定邀他一塊兒完成「夢想清單」，兩人逐一完成清單上的事項：在長城上騎摩托車、攀登金字塔、高空跳傘、開賽車、吃美食，

領略天地壯闊之美等等，他們也在生命的最終階段領略到人生真正重要的東西。

　　旅程開始之前，卡特的太太並不贊同此事，但卡特認為他這一生已經奉獻給家庭、給妻兒，此時該是他為自己而活的時候了，所以他還是堅持與愛德華一同踏上旅途。途中他們互相交流生活經驗，也分享生命觀點，令人印象深刻的是，他們坐在金字塔上時，卡特問的問題：「你在這一生中有獲得樂趣嗎？你在這一生中有讓別人獲得樂趣嗎？」問題直指生命價值的核心，你自覺此生過得幸福嗎？你讓別人過得幸福嗎？答案若是肯定的，那就不枉此生了。

　　卡特後來發現，雖然自己做了許多想做的事，但老婆和家人才是最重要的，所以他立刻從法國趕回家去。確實，臨終那一刻，能有自己的最愛、最重視的人在身邊陪伴，是非常幸福且幸運的事；對照於愛德華回家後，只能獨自吃著微波食品、獨自喝著他認為最好的咖啡，更顯現家人的可貴。

　　其實愛德華有個女兒，只是因為爭執而幾十年不見面，或許為了愛面子而不再聯絡，也或許害怕被拒絕，所以當卡特想帶愛德華去找他女兒時，愛德華還大發脾氣。幸好卡特的一封信，終於說服愛德華去找到女兒，還見到了孫女，臨終前也能了卻心願。「親吻最漂亮的女孩」，這個列在清單上的項目，愛德華與卡特都完成了，而他們心目中這個最漂亮的女孩，就是一直在自

己身邊的卡特的老婆和愛德華的寶貝孫女，這也再次證明：生命中最美好的事物就是一直在你身邊的家人！雖然他們都沒能完成登上喜馬拉雅山的願望，但愛德華和女兒和解，親吻孫女兒，真正找到生命中的喜悅，就是圓滿幸福而無憾了。

「我的夢想清單」裡列了什麼？人生有夢，築夢最美。

我也要寫下我的「不老族夢想清單」，並且努力實踐它。因為趁著我還有體力，心智也澄明，既無羈絆無罣礙，可以自由作主作自己時，最該去追求我的小小夢想。你知道，有些事現在不做，一輩子大概都不會做了，人都是有惰性的，即知即行，現在就把「夢想清單」列出來，Let's Go! Go! Go! Go!

一、開新班：樂齡寫作班，開班授課，一年一期。2019、2020⋯⋯。

二、出新書：繼續創作書寫，出版新書，《樂齡有感》、《樂齡天地寬》。

三、當編輯：協助先生出版新書：《後浦頭村史》、《軍旅憶舊》。

四、做策展：整理金門「思源第」家族故事館，規劃布置陳展安排。

五、學樂器：一項新樂器，烏克麗麗。

六、做麵食：學做饅頭、包子、烙餅。

七、壯遊去：歐美紐澳俄非中，寰宇遊賞。

1. 俄羅斯莫斯科。

2. 埃及金字塔。

3. 紐西蘭奇山異水。

4. 澳洲雪梨墨爾本。

5. 歐陸德法西義與北歐。

6. 美加地景與國家公園。

7. 蒙古草原與滇貴川藏。

....

祖孫冬遊維州大瀑布，吃
著冰淇淋，別有滋味。

香格里拉與桃花源

幾十年來我一直很喜歡一部老電影《Lost Horizon》《消失的地平線》，或譯作《西藏桃源》、《香格里拉》。這是詹姆士·希爾頓（James Hilton）在 1933 年創作的小說，1937 年改編成電影，由知名導演法蘭克·卡普拉（Frank Capra）執導，勞勃·里斯金編劇，羅納·考爾門主演，是黑白片的經典之作。後來，1973 年再由查爾斯·加洛特（Charles Jarrott）重新詮釋拍攝成彩色片，使得香格里拉之說更為流行且受歡迎。

這電影的原著小說創造了香格里拉 Shangli-La 這個虛幻的世外桃源，直到今天還被全世界廣為使用，成為理想仙境的代名詞，許多旅館、飯店、渡假村、建築物、旅遊行業等，也都愛以香格里拉為名。在小說改編成電影之後，香格里拉更聲名遠播，早已成為膾炙人口的經典之作，我也常沉浸在電影劇情和畫面中，遐想、尋覓著我心目中的桃花源。

原版電影劇情說的是：在 1935 年，英國一個著名作家羅伯·康威（Robert Conway），他曾做過軍人，又是外交家，現在剛剛被任命為外交大臣。但在未就任前，他接到最後一項任務，要到中國境內靠近西藏一個叫做巴斯庫 Baskul 的地方，去救出 80 名因為當地發生

政變而被困的西方人。

　　他們在西藏邊界救出這些被困者，然後康威和最後一批被困者搭機逃出巴斯庫。乘客中包括他的弟弟喬治，還有兩位男乘客及一位女乘客。其中一位男乘客是考古學家亞歷山大拉維 Alexander Lovett，專門研究化石。另一男乘客巴納德 Henry Barnard 可能是觸犯了經濟罪被通緝。而唯一的女乘客史東 Gloria Stone 職業可疑，而且非常神經質，經常驚恐大叫。

　　飛機飛到半途，大家就發現有些古怪，因為機師緊閉機艙，飛機也飛行得非常不穩，大家都以為飛機要出事。他們見到窗外都是巍峨的雪山。後來他們察覺飛機是被機師劫機了，但無計可施，因為沒人會開飛機。就在這時，飛機因為汽油耗盡在喜馬拉雅的雪山上墜毀，所幸只有機師一人死亡，其他乘客都無傷損。但飛機墜毀在幾千呎高的雪山上，大家存活機會渺茫。

　　這時出現一批身穿厚厚皮草的東方面孔的人，他們帶來衣物給大家換上，並將他們帶到一個山洞後面避風雪。奇怪的是，雖然四周都是積雪千年的雪山，但是過了一個山洞，出現在眼前的卻是一個四季溫暖如春的世外桃源！一個姓程 Chang 的長者出現，他居然說著流利英文。他說這裡因為四面環山，形成一個如溫室的山谷，所以四季如春。最奇妙的是，這裡雕梁畫棟，房屋建築非常豪華，地上種滿花樹，四周還有大理石噴泉，而食物更是豐盛，幾乎每一餐都是自助餐一般的豐盛。

一天康威偶然見到一個女子桑德拉 Sondra，貌美如花。她在香格里拉長大，讀了不少書，還會彈鋼琴。她甚至讀過康威寫的書，還跟他說了很多有關香格里拉的事。有一天姓程的長者說，大喇嘛要見他。他見到大喇嘛，外貌確實很老，但精神奕奕，頭腦清晰。大喇嘛對他說，原來他是在桑德拉的推薦下，聽過康威的名字，讀過他的書，對他的想法很了解。他還說，原來這一次劫機事件都是他導演的，目的是劫持他到香格里拉，來做大喇嘛的繼承人，能將這地方管理得更好，他就可以放心死去。

康威聽了有些心動，只是他的弟弟喬治堅決要回家。喬治在香格里拉認識了一個美麗的女子瑪麗亞 Maria，瑪麗亞也痛恨香格里拉，認為這地方生活沉悶，渴望和喬治到文明世界生活。但程長老警告他們，香格里拉的人出到外面的世界，可能

我們正看著老電影：失去的地平線，香格里拉。

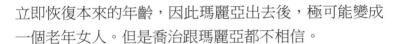

立即恢復本來的年齡，因此瑪麗亞出去後，極可能變成一個老年女人。但是喬治跟瑪麗亞都不相信。

後來喬治聽說有一批外商會到這兒，因此決心和瑪麗亞一起離去，他還勸哥哥一起離開，否則將來就無機會。康威見弟弟堅持，也有些心動，反而是另外三個人住得舒服，不想離去了。這天大批人穿著皮草，一起離開香格里拉，但是出到山洞以外，瑪麗亞逐漸受不了，除了大風雪不停吹襲，雪山上的路非常狹窄，而且積雪厚重，最後瑪麗亞終於無法再行走。前面的行商不耐煩，向他們開空槍催促，結果導致雪崩，整隊行商都隨著雪崩跌下山坡，葬身雪堆之中。

這時康威和喬治只得揹著瑪麗亞繼續前行，但最終瑪麗亞實在撐不住暈過去死了，而喬治也見到瑪麗亞的真面目，她滿臉皺紋，真的像是一百歲的老婦人。喬治受不了這個打擊，在雪山上狂跑時，跌落山巖死了。康威獨自一人繼續走著，最後終於遇到前來拯救他的搜索隊伍，最初他有些失憶，什麼也不記得，但後來記起來了，他向朋友說起香格里拉，似乎念念不忘。後來康威終於再度失蹤，這一次他決心要回到那個他念念不忘的香格里拉。

據說原著小說作者希爾頓心目中的香格里拉，取自中國東晉時代陶淵明的名作〈桃花源記〉，其中的確有很多相似處。比如陶淵明描述的桃花源：「土地平曠，屋舍儼然，有良田美池桑竹之屬。阡陌交通，雞犬相

聞。其中往來種作，男女衣着，悉如外人。黃髮垂髫，並怡然自樂。他們為避秦亂而與世隔離，不知有漢，更遑論魏晉。」這世外桃源被武陵漁人偶然發現，想再尋訪，竟杳無蹤跡矣。而香格里拉當地是：四季如春，花木扶疏，人們性格溫和，沒有戰爭，人人生活豐足，恬然祥和，而且人都不會老，遠在大雪山中，不為人知，偶然探得，也難再尋訪。後人好奇，一直在尋覓「桃花源記」文中的桃花源究竟何在？經多方查核比對後，被人認定「桃花源」所指的地方是在雲南的中甸縣，於是當地在 2001 年還改名為香格里拉，以吸引遊客。我實在不以為地名改為香格里拉，果真就可以變成香格里拉了。這大約與某些人的改名換運，用意雷同吧？

我想，一般人都會對香格里拉心嚮往之，會想尋覓一處桃花源以安身立命，自在過活，以終老一生。比較務實的做法，或許是改變、創造、打造自己現有的環境、制度與生活型態，使其成為香格里拉，而非更改名字、換外包裝吧？桃花源，心目中的理想仙境，是要靠自己努力打造，在心中求，在手中做，才會實現的。

在電影中有些對白是陳述香格里拉的理想信念，就如大喇嘛對康威說的：「我們的原則，如果要用很少的字眼說明，就是中庸。我們認為的最高美德是，任何事都不過分，這包括，連美德都不能過分。」中庸就是人生的抉擇，個人的一種判斷與選擇。中庸所論述的理念：不偏不倚，允執厥中，中正平和，恰如其分，致中和……等等。其中有很多都是中國人所熟悉的禪意與人

生哲學，例如大喇嘛說：「如果我們不能在內心發現天堂，我們就不能在任何地方發現天堂。」說得真好！偉哉斯言。確實，真正的天堂就在你心中，就在你身邊；法國藝術家羅丹說：「這世界不缺美，缺乏的是發現美的眼睛。」用心就能看見美，同樣的，桃花源或香格里拉也不必外求，只要有心，一花一世界，我家也可以立即是天堂！

只要與家人同在的地方，就是香格里拉桃花源。

•2–10

書僮阿嬤的教育觀察

　　大寶女兒生病，老爸老媽飛越萬里重洋，來美馳援，主要任務是照顧大寶治病調養，附帶的工作便是分擔大寶的重擔，照料小一小四的 TV 寶寶，阿嬤腳色轉換，來當個老書僮，也還行咧。

　　在維吉尼亞這兒，小學生上課時間是早晨 9 點到下午 4 點，平日上下學都搭校車，午餐學校供應，校車與午餐都免費。若小朋友需提早到校，早晨 7 到 9 點學校也有開放 SACC（收費低廉的安親服務），提供有需求的家長使用。老書僮最重要的職責就是：接送小娃兒上下學，以及在家的餐飲供應。這類似保母的工作，阿

爸爸與大寶女兒在華盛頓故居。（2019.8 Mount Vernon）

嬤可是駕輕就熟,做來得心應手;更何況 TV 寶寶是阿嬤打出生就幫忙帶大的,現在都已長大,自立又懂事,照顧二小,易如反掌啊。

阿公阿嬤向來早起,依舊如在台的生活作息,天不亮五點多就起來了,在室內做操運動、準備早餐、收拾屋子,還可以邊做家事,邊聽新聞哩。老人家先吃過早飯,到了鐘點(07:45),才叫醒 TV 寶寶,她倆自己漱洗換裝,下來坐上餐桌後,阿嬤就給倆小梳頭綁辮子,梳妝打理頭面。然後,吃完早餐,檢查書包、查看氣象,再穿外套、揹書包,一起出門等校車上學去(08:45);下午 4 點,阿公阿嬤再到校車集合點去等候娃兒放學。上學等校車,也是大人小孩兒的社交時間,小朋友會和鄰居、同學、好朋友聊天交誼,T 寶寶拿出正在看的 J.K. Rowling 新著 "The Christmas Pig",和同學交換心得,正巧同學也帶了同一本書要到學校閱讀,倆個小女生開心地說起書中趣味,樂呵呵的。我們倆老也認識一下其他家長,有個北京來的華裔新鄰居(小男孩與 V 同齡不同班,他們原在馬里蘭住了四年,搬來維吉尼亞二年,卻因疫情影響都關在家裡),還有家印度裔的鄰居,以及好幾個固定接送隊伍的阿公阿嬤與爸媽們,大家天天互道早安、聊聊天氣、談談娃兒,也就熟稔了。所以,接送上下學,也是場小小聯誼、交流會,我們可是樂在其中呢。想想人海茫茫,因緣際會,有緣相識,世界一家,可以同在一個天空下共呼吸、話家常,這是多麼美好的緣分。

平常放假日，我們會帶 TV 寶寶外出透氣，踏青、郊遊，或在家附近騎車、散步、玩耍。上學的週間傍晚接她倆放學時，若時間還早、天氣也好，我們也會陪他們一起去鄰近的公園玩玩，讓小朋友跑跑跳跳，盪鞦韆、轉地球、爬爬竿，再回家吃點心、洗澡、吃晚飯。到晚上做功課時間，就輪到大寶女兒這虎媽上場了，她督促孩子功課，安排她們倆學習，從閱讀、語文、數學、科學到藝術，課內課外兼而有之，絕不馬虎。小一的 V 除了學校的語文閱讀功課（每日至少十分鐘閱讀一本課外讀物、並說出書中大要、回答家長問題等，還有背誦指定單字、造句練習等等），還有自己家裡為加強英數能力的功文數學與英文（Kumon）作業，每日都有進度與功課，及定期評量競賽。小 V 乖巧懂事，課業學習從不懈怠，總能快速完成，現在已經會九九乘法與四則運算，表現優異，還得閱讀與數理的金獎銀獎呢。平日在家小 V 愛撒嬌，不時會伸臂抱抱阿嬤阿公與爸媽，她肢體柔軟度極佳，很愛做瑜珈、體操、跳自創的芭蕾，總黏著阿嬤打太極，十分貼心惹人疼。

但老書僮阿嬤從旁觀察，才驚奇地發現：小一的小 V 感恩節前這兩天上學，書包竟然天天都空空如也，只帶一個小水瓶和一個小玩具（popit），其他什麼都沒有！純粹是開心的快樂上學，去玩兒的。可是上週五帶回家的在校學習作品，卻又琳瑯滿目，生活倫理、語文

大寶陪來美探親的爸媽與孩子同遊華府。（2019.8.）

數理、藝術陶冶、到情緒管理，什麼都有，而且樣樣令人驚喜。像她上次寫計劃怎麼過 Halloween 萬聖節，字跡工整漂亮、語句表達也清楚，文中甚至還有阿嬤的腳色出現呢。這次 Thanksgiving 感恩節，她就在火雞裝飾上自己寫著：Evelyn is thankful for Family, Water, Food, Bed, Stars. 真是一個知福惜福又懂得感恩的好孩子。

至於小四的 T 寶姊姊上的是資優班，功課自然比小 V 多一些，學習的深度、廣度與速度也較一般人強且快，阿嬤看她每日大量閱讀，每週都上圖書館借書還書，知識淵博，都甘拜下風了。才 9 歲的孩子，她會自己下廚烤蛋糕、做小點心 cupcake、muffin，與大家分享。她會在阿公阿嬤欣喜發現自家窗口有紅雀時，立即脫口而出告訴老人家這維吉尼亞的州鳥，要如何分辨雌雄，其習性又是如何。當然蒐集資料、自己製作影音報告上傳，更是又快又好，讓阿公阿嬤讚嘆欽佩不已，老人家早就追不上她啦。當然 T 寶也是很貼心的，她看媽媽生病了，會來給媽媽蓋小被子，遞水、拿藥，還自個兒稀稀簌簌把小姊妹開學日的小拼板拆下重組，換成了 Get Well Soon，再放到窗枱上，為她媽媽祈禱祝福。

不過，阿嬤當老書僮也有暗暗心疼時。因為大寶女兒罹疾，阿嬤特來馳援，兼顧她們母女仨，小 V 年紀較小，就天真爛漫的告訴我：「阿嬤還沒來的時候，媽媽生病，晚上睡覺我好害怕，可是都沒人安慰我，後來我慢慢的就自己好了。」我聽了好心酸，緊緊攬著小 V，告訴她：「有阿嬤在，小 V 不怕，以後有什

麼事情，你隨時都可以用 Messenger 打電話給阿嬤，我們是 Messenger 的朋友，你常常傳訊息和圖片給阿嬤的呀。」小 V 聽了立即笑著說，她會用 iPad，她知道用 Messenger 打電話、開喇叭。可是對上年紀稍長的 T 寶寶，阿嬤就碰壁了。上學在等校車時，阿嬤習慣的伸出右臂輕攬 T 寶的右肩，沒想到她卻身子往右前方一縮，肩膀一拐，輕輕避開阿嬤，讓阿嬤的右手滑下落了個空。原來孩子長大了，她已是個 Teenager，青少年才不時興來這一套親暱舉動呢。

大寶與爸媽合影，你是我的骨血，我的肉。（2019.8）

沒錯，T 寶寶是長大了，她告訴阿嬤，她將來要當牙醫，而且她也很認真在做準備呢。妹妹小 V 則想當小兒科醫生，因為她仰慕她的醫生 Dr. Baugh。以前孔老夫子說他自己：「吾十有五而志於學，三十而立。」可現在 TV 寶貝不到 10 歲就已立定志向，而且積極向學了，真是後生可畏，吾佩服呀。總之，書僮阿嬤近身觀察，看在老美地盤上教養小孩，還是要「中學為體，西學為用」。有必要師夷西方，培養孩子獨立自主、自我負責與生活能力；同時也莫忽略東方的傳統價值，四維八德，孝順仁愛與家庭社會責任。相信孩子就是我們未來的希望！我在 TV 寶貝身上看到的，就是美好的未來。

甜蜜：爸爸懷抱小皮，大寶環頸緊膩著爸爸。（1982.12）

輯三　心頭人影・思親篇

• 3–1

清明時節，心思更要清明

清明時節雨紛紛，路上行人欲斷魂。自古以來，清明就是個備受重視的傳統民俗節日，在這天要祭祖掃墓，要追思先人，慎終追遠，其中蘊含著緬懷先人與思親的深厚情感。故而「聽風聽雨過清明，何人不起故園情？」尤其年歲愈增長，愈是容易思親、念舊，想起故鄉與家園。飲水思源，就是要我們懂得「感恩」：思源、報本，或許這正是清明節最主要的意義所在吧。

● 清明返鄉，掃墓探親，追念先人，送愛送暖。

還記得兩年前（2018）的清明，高齡的公公特地由小叔民弟陪同，遠從雅加達回台，再與我們一同飛回金門，探親掃墓。公公年少即隻身出洋，「落番」印尼，在外闖蕩拼搏逾七十載，如今年過九旬，身在異國他鄉，此時節自然倍加思鄉與思親。我們陪伴老人家返金，還碰上季節性濃霧以致班機取消，飽受枯坐機場漫漫等待與候補的煎熬，歷經十三小時終於回到金門，果真關山重洋故鄉路迢迢啊。返鄉雖遭遇難題，天候變故，但睿智的公公教我們以平常心看待，沉靜以對，不焦急、不躁動。返抵故鄉後，一向重情重義的公公，十分溫暖周全的，先為尊親長掃墓，再拜訪親族，一一致意問候敘舊。我們去探望大舅、二舅、大姨還有叔公，

以及自家的三嬸、四嬸、大哥、大嫂等等。大家執手相親、互訴思念，還有殷殷祝福與關懷，我在一旁跟隨著，好生敬佩公公，人情義理，送愛送暖，和煦如太陽，溫暖可親！公公真是我們的生命導師，時時為我們示範著，怎麼做人，怎麼生活。而清明前後也正是萬物勃發、春和景明，大自然最美的時刻。我看到金門的燕麥田一片綠油油，天候冷暖也合宜，心美心善看世界也是美的！我虔誠祈祝老人家歲歲年年健康平安，身心康泰，但願歲月靜好！但願一切都好！

● **過去無怨無悔，未來積極準備，現在步步踏實。**

祈求歲月靜好，但世事卻總多變。去年（2019）的清明，沒有春雨紛紛，卻是一個悲欣交集的時節。驚聞身邊一位友伴竟倏然「下車」不告而永別，實在令人難抑心中悲慟！那是我太極拳班的前班長、敏惠學姊，在與友人歡唱卡拉 OK 時，因心臟主動脈剝離突然走了！我們每星期一起相聚、打拳，還約好暑假在美國要再聚同遊（我們的孩子都在華府，她已訂好六月的機票，我稍晚暑假才去），現在我要去哪兒找她相會呀？這無風無雨的清明，豈不更覺悲淒？因此清明連續假期，我們只匆匆到高雄給彩華大姊掃了墓，其餘時間都忙著老先生黃埔月底的博士論文口考準備工作。世事多變，日子如常過，花兒也兀自開落，面對悲欣交集、無常的人生，就是要「如常」。每週三、週日是家事日，洗熨衣服、整理家園，有課時到學校、打太極，沒課當阿嬤、

帶小光。就這樣,早起澆花,清明後看巴西鳶尾與茶花雅麗自在,然後給 TV 二寶寄去童書包裹,再到公民會館巡個場(碧山巖下三家春,正展出中),然後到象園咖啡陪小光轉悠轉悠。半天過去,一天、一週、一月、一季……歲月悠悠過,但祈平心靜氣,緩步,留神,我想「如常」就是:對於過去,無怨無悔;對於未來,積極準備;對於現在,步步踏實。

● **清明世事多變,心思更要清明,坦然面對生死。**

今年(2020)年初開年至清明,因 COVID-19 新冠

清明節,公公高齡 91 特由印尼返鄉來掃墓。(2018.4.4)

病毒疫情持續延燒，人們生活型態改變了，人際社交距離拉遠了，各國封城鎖國禁止聚集，世界好似靜止了，大家只有各自宅在家裡，貯備好戰疫物資，調整戰疫心理：平心靜氣、勤洗手戴口罩、規律生活，按部就班過日子，期待這一波「百年一疫」的全球性嚴峻疫情考驗早日過去。在疫情嚴峻，病毒肆虐的殘酷考驗中，多數人清明返鄉祭祖掃墓探親，取消了；家族聚會、探望親友，也沒了。往昔清明時節的人事景物歷歷在目，想念啊，真想念，我懷想著往日的人情、鄉情、故園情，「慎終追遠，民德歸厚矣」，就留待疫情過後，再來彌補吧。眼前清明節，更需要有清明的心思，沉澱思緒，澄清思維，我自問：「如果還有明天，你想怎樣裝扮你的臉？如果沒有明天，要怎麼說再見？」因為就在清明前夕，睡前驚聞一位大學同學不幸在港腦溢血過世，又是一個令人驚愕傷痛難以成眠的夜晚，這個清明，我又將慟弔同窗，隔海哀悼，追思友朋矣。

● 生老病死乃常態，一切自有安排，健康優雅到老最美麗。

人生猶如四季，春夏秋冬，時序遞嬗著，春耕夏耘秋收冬藏，各有其時，時光不倒流。人生也如花草樹木植栽，苗禾枝幹花葉茁壯生長，花開花落枯葉凋零，年復一年，生生不息，生命流動，愛在傳承，似乎在啟發著我們：「天何言哉？天何言哉？」此時節，居家防疫中，不知疫情何時可趨緩，期盼著能早日出關，回復如

常的生活軌道，心理學者便建議：隔離防疫宅在家，植栽花草最療癒。因為「此時花開，彼時花落；風大了，折枝斷裂，帶著傷痕，隔年歲月，它依舊燦爛奪目，

清明時節，金門三嬸走過青青麥田也來掃墓。（2018.4.4）

如期歸來。」看美麗的花顏，風華再現，猶如生命之愛世代綿延，確實快慰。人的生老病死乃常態；老了，可以老得健康優雅，老得美麗；走了，也可以走得坦然自在，走得無憾。

我很喜歡大明星奧黛麗・赫本（Audrey Kathleen Hepburn-Ruston，1929－1993）的優雅美麗與智慧，她曾說過：「若要美麗的嘴唇，要講親切的話；若要可愛的眼睛，要看到別人的好處；若要苗條的身材，要把你的食物分給飢餓的人；若要美麗的頭髮，讓小孩子一天撫摸一次你的頭髮；若要優雅的姿態，走路要記住行人不只你一個。」確實，優雅是唯一不會褪色的美。我希望在這春暖花開的清明時節，可以心思澄清明亮，可以知道我要如何過老後的日子：如常，優雅，沉靜。

• 3–2

清明掃墓，慎終追遠

原刊登於「王小真的天空」部落格，2008.03.25，於 2019.11.9
教育部國教署選入國中孝道推廣教材《孝開懷聯絡簿》中。

清明將屆，許多人都會扶老攜幼上山掃墓祭祖，追念先人，因為：慎終追遠，民德歸厚矣！

由於去夏父親新喪，依習俗需在清明前掃墓，所以三月初的假日，我們姊弟和弟妹姪兒就和母親一起上山祭拜了。清明時節雨紛紛，路上行人欲斷魂。當天雖然天氣很好，山上櫻花美盛，但我仍思念父親不已，心情沉重，很難適應有話想和父親說說，卻每每開口才又發覺已無父可應的悵然。

半年多來，我曾兩次夢見父親：過年時一次在夢中，我和姊姊忙著炸年糕，姊姊說父親坐車回來了，我卻一直看不到父親身影，懊惱的醒來；第二次夢中，我開車停好下車，見到父親從另一部車下來，他衣著整齊、氣色良好如昔日，告訴我他要去看大姑。結果，我夢醒心知不妙，立即和表弟聯繫，果真大姑五六年來為癌症所苦，日前正住院病危，我和姊姊與三姑去探病致意後，隔兩天大姑就過世了。原來父親是要我知道他在天上過得好，要我放心，也要我去向大姑告別啊。

父親向來重情義，為人灑脫，是自在過一生的；而

與母親同年的大姑則家庭至上，全力照護子女與姑丈，勤儉持家，善良又堅強，是慈愛的長輩，也是勇敢的病患。半年內父親和大姑兄妹相繼辭世，老成凋零，讓我倍感傷痛。當表弟表妹說起他們的便當從來都是當天早上現做的熱食，就忍不住熱淚盈眶，他們失去了摯愛的母親，我也同感傷悲。我一直記得，過年初二時大姑回娘家來，還在念中學的我在廚房炸年糕，大姑寵溺的對我說：「二公主會下廚囉！」那感覺好溫暖、好親切。由於姑丈是四川人，大姑的國語帶有閩川混合的特別聲腔語調，今後再也無處聽聞了。

記得小時候，每到清明節，祖母會做「青草粿」，祖父會帶領父叔與弟弟們上觀音山，找尋有我們福建同安的村名「田柄」的墓碑祭掃、壓墓紙。那些年我老愛跟著去，祖父總說女生以後要嫁人，不用跟。後來，我結婚了，祖父過世了，父親把幾代祖墳一一撿骨，一起建立一處祖墳便於併祭，我真的就沒有回娘家掃墓了。這回和母親與姊弟一起上山祭拜亡父，感觸良多，子欲養而親不待，我常懊悔沒能多和父親聚談共處，時不我與啊。

嫁人以後，先生老家在金門，是極重視傳統的大家族。每年的清明掃墓可是年度大事，我和孩子都盡可能回去依禮祭祀，融入其中。在這敬天法祖、詩禮傳家、講德重義的家族，許多老規矩代代相傳，不可造次，每回有大事都要稟告祖先，俎豆馨香，視親猶在，我相信

125

這是美德也是好事，因為能祭祖、能掃墓，就代表我們是有根、有源、又有後的，我們有著血緣之親，血脈相連，代代相傳休戚與共，子肖孫賢有好表現時是光宗耀祖，若有邪念興起，念及先祖，惡行自然消弭自止於無形。

清明掃墓，祭拜父親後，心情平復不少，心安多了。隨著歲月流轉，現今年過半百，不自覺的才驚覺身旁的長輩都垂垂老矣，有多位還謝幕告辭了，這是人生必經必走的路，我們一定要好好把握當下，惜緣惜福啊。

新春父親到我新居訪視，不意翌夏遽爾大去。（2006.2.1）

從母親與我的長情告別，談生死

猶太人有句諺語說：「上帝無法親臨每個角落照顧每個人，所以創造了母親。」因此猶太人認為：母親，就是在家中看得見的上帝，她代表上帝來照顧家庭中的每一個人。

我十分感恩，老母親照顧我自幼到老已逾半世紀；但是六年來，她因阿茲海默症而逐步退化，近半年甚至臥床不起、生活無法自理，已無空間感與時間感，甚至連辨識至親與應答能力都喪失了，固定的每週回娘家探望老媽，母女相伴對望，成了椎心的長情告別。我知曉終點必將到來，生死總有一別，只是這告別的步履，竟是如此煎熬而沉重啊。

老媽今年高齡 90，年輕時是童裝裁剪師傅，她最得意的是，曾設計一款兒童冬季外套，上面繡著一隻企鵝，口袋上還有個布鈴鐺裝飾，過年時大賣上萬件，打響「小朋友」品牌名號，老闆也大發利市。當然，我也穿媽媽做的衣裳長大，連大學時上學的點點小花襯衫、大 A 字型短裙，還有國賓飯店謝師宴時穿的白色及地長洋裝，都是媽媽親手縫製的作品。直到我的孩子大寶小皮出生後，她倆兒時穿的和尚服、小洋裝、姊妹裝，也都是出自阿嬤之手。老媽曾經是具有專長、也被肯定的專業裁縫，她後來還掛招牌，替人修改衣服換拉鍊，

賺點小零用錢，80多歲身體狀況差了，才歇業。

　　為了延緩老媽的失智，多爭取一點時間相伴，我看過以幼兒教育聞名的蒙特梭利教育系統，有一份「NISA評估研究」，是針對失智者找出最有幫助的方式，引導患者不會生活無聊，進而達成認知悠能的照護概念。所謂認知悠能（DementiAbility）是個新名詞，將Dementia（失智症）與Ability（能力）結合在一起，來考慮對失智症患者的照護。「蒙特梭利式照護」就是藉由配合每位失智症病患的能力與興趣，將生命的意義帶入其生活中。

年後母親臥床不起，陪伴是母女長情的告別。（2020.2.5）

蒙特梭利對失智者的 NISA 評估模式：「N」代表 Need 需求，首先了解患者需求是什麼？是現階段最需要保留與加強的要項；「I」是指 Interest 興趣，患者過去最喜歡做的休閒活動是什麼？找出其興趣愛好；「S」表示 Skill 專長，患者過去擅長的技能為何？配合其專長安排合適的活動；「A」即是 Ability 能力，檢視患者現在仍保有何種能力？依其能力以提高生活品質。幾年前，我們就按照這 NISA 的原則讓老媽到老人日間照護中心去上課，參與繪畫音樂體能遊戲等活動，也讓老媽在家幫忙老弟工廠做手工，塑膠成品分類，還不定期外出參加家庭聚餐與聚會活動，增加生活的意義，讓老媽更生氣蓬勃。

可是當老媽年老、生病之後，專業能力、生活能力、NISA 全都失去作用了，如今老媽的世界已然進入漫漫長夜，靜止闃黑一片。我和老媽只能相對默默，或叨叨絮絮獨言自語時，連眼神交會都恐是單向，無交流，我明瞭老媽正一步一步離我遠去，豈不痛哉？老媽這樣的生活，還是「生」「活」嗎？

我想，生活就是要能跑、能動、能飛、能跳，如果都不能，人生好像少了什麼。如果鳥兒的翅膀被剪掉，還是鳥嗎？當蛇的鱗片被刮掉，還是蛇嗎？那麼，你想過你是什麼呢？你要怎麼活？我常常在從三重娘家回內湖的路上，自傷自憐，心底默默垂淚，老媽其實早已走遠，親子點滴往事都只留駐在記憶深處罷了。回家後老先生安慰我，老媽現在是回到生命初始，無愛憎、無怨

尤、也無罣礙，不必為她憂苦，只要多陪伴，多珍惜就對了。

前衛生署署長葉金川先生曾說：「**我要活得精彩，活得帥氣。**」葉署長在部落格裡有一篇跟孩子談生死的貼文說：

必然有這麼一天，我們必須說再見。就怕還沒準備，匆忙間上路，重要的忘了說。

> 兒子們，記著：如果我沒法醒過來，不要串通醫師凌遲我！我想活得精彩，走得帥氣，不要管子，有氣切管、尿管、胃管，怕走得牽絆；停止維生治療吧！多拖幾天，並不會增添我生命的色彩。心臟升壓劑，洗腎，葉克膜，省省吧！健保都快倒了。……能用的，都送人。心肝應該是好的；有了我的心，可以登高看更遠。有我的肝，酒量不會退步！至少眼角膜、骨頭可以用，腎臟最珍貴，我腎沒有虛。

> 兒子們，孝順爸媽，要趁現在！我走了以後，孝順就成了做樣子、給外人看的；所以追思葬禮省了，墓園、墓碑也不環保，偶而將爸爸放在心裡，就可以了。骨灰火化後，留下一小撮，帶到合歡北峰，灑一點點就好，記得帶你們的媽咪來陪我，在她百年之後，雖然有點嫌她嘮叨，但沒人唸了，倒是有點不習慣；有老伴很幸福的，感恩啦！老婆。

親朋好友們，沒有追思會，白包也省了。想我的時候，來合歡北峰，能來的任何時候都歡迎。但，四到六月最好，看看高山杜鵑，帶來香檳，別忘了高腳杯，我喝酒可是要有規矩的。我一生清風，但求化千風，了無遺憾！

（葉金川部落格〈如果我沒法醒過來，不要串通醫師凌遲我！〉2013/12/18）

我知道我沒有葉署長的豁達與達觀，他活得精彩，灑脫，帥氣，是我生死課題學習的標竿。我也從老媽罹患阿茲海默症裡學到生命的真諦，珍惜健康，珍惜家人，把握當下，把握生命的時時刻刻。每次回三重，我依例給老媽按摩四肢和腳趾手指，搓搓揉揉，提放按壓，一邊兀自叨叨絮絮補綴著家人與自己的近況，即使老媽不曾言語，也不回應，我唱著獨腳戲，也自覺平心靜氣，不再焦躁，這是一段抒壓、自我療癒的歷程。凡事豫則立，不豫則廢，能按部就班，有所準備就能心安，不慌不亂了。因此我也學葉署長，提早寫幾句生死告別的話語：

如果有這麼一天，我們必須說再見，孩子們請不要慌張，也不要害怕，更無須傷悲，就當媽媽出門遠行去了吧。

孩子們，媽媽有簽署 DNR（Do Not Resuscitate）意願書，在我臨終、瀕死、已無生命徵象時，請不要施予心肺復甦術（CPR），不要氣管內插管、體外心臟按

壓、急救藥物注射、心臟電擊、人工心臟、人工呼吸器或葉克膜。媽媽希望有尊嚴、自然離開人世，免受人工維生醫療拖延時日之苦。我終究是個喜歡健康美麗，想要優雅老去的人；總有一天，我們都會成為別人的回憶，那就盡力讓它留住美好吧！

如果我走了，請找專業禮儀社協助，低調簡單而肅穆地安排後事，記得通報我各個群組裡的親朋好友，讓我有機會和大家正式道別。向來自詡是積極進取、熱情有勁、認真負責的我，教學之餘還留下十數本著作，就分贈給親友們當紀念吧。至於我和你爸比軍教人員勤儉持家所留下的少許資產，都已有規劃與分配，我們俯仰無愧，沒有負債，此生最大的財富，應該就是教養三個孩兒與影響些許學生成材吧。作為軍眷，長眠五指山，與你爸比就和住眷村一般，很方便，彼此也有照應，且不寂寞，每年春秋還有官方祭祀關注，不用勞煩子孫晚輩。大家若真思念起我，就約定個時間，每年或春聚、或秋遊，或暑假與過年，相約某地同聚首，一期一會，舉杯相邀，愛熱鬧的我一定開心祝福：滄海一聲笑，江湖莫相忘。

旅行，是為了回家。喜愛旅行的我，深知旅行的真諦，並非走訪異鄉，而是能在最終能以遊覽異鄉的心情來體驗故鄉。因為，旅行絕不只是為了出發，而是自己與異地、自己與自己對話的過程。旅行的最終目的，是為了回家，好好生活！人生正是一趟又一趟的旅行。現在，我要去天國旅行了，大家珍重，請繼續好好地旅

行、回家，再旅行、再回家，請繼續好好地生活下去，我們彼此祝福，旅途平安！我此生無憾，萬千感恩。

母親節與老媽到內湖煮雲軒吃飯已成美好回憶。（2018）

小慈悼念阿嬤

外孫女 黃懿慈 / 2020/10/06

　　阿嬤！您真的離開這個世界了嗎？我真不願相信這個訊息，但台北傳來的音聲影像一切卻又是鐵錚錚的既成事實，阿嬤！我的阿嬤，您真的離開我們，雲遊去了。從 25 日至今的這些日子，我在維吉尼亞繼續上著班、催著小孩做功課、張羅著全家大小的吃喝、喝咖啡追劇、還跟朋友聊天打屁，世界繼續轉動著，表面上似乎沒有什麼不同。但是，在心底，我知道，遠隔千山萬水、萬里重洋之外，我最親最愛的阿嬤走了，我已經沒有阿嬤可喊，再也見不到阿嬤了。

　　我跟阿嬤農曆同一天生日，年紀相差四輪，嬤孫似乎注定要緊緊地繫在一起；打從小，阿嬤餵我吃飯、阿嬤幫我洗澡、阿嬤做衣服給我穿、阿嬤帶我上學、阿嬤陪我睡覺、阿嬤跟我一起看歌仔戲，我是阿嬤最愛的小外孫女，阿嬤也是我最親最愛的阿嬤。當然，後來又加入我妹寧寧、還有表妹宣宣、表弟強強、化化和我弟小多，阿嬤深深愛著每一個孫子孫女，小時候都喊大家「阿狗嬰仔」，親暱的小狗娃兒。

　　我們小時候有阿嬤疼愛，在三重埔快樂長大，很是幸福。但 90 年前，阿嬤生下來沒幾天，就被送給王家

作「童養媳」，過著油麻菜籽般小媳婦的日子，人生，好像就這麼樣被決定了，沒有選擇，也無從選擇，阿嬤沒有掙扎，因為她也無法掙扎。阿嬤的小時候，只有餵豬養雞挑水做飯，唯一的上學記憶，早已在日據時代小學畢業時悄然停格。

十幾歲大，阿嬤就開始上班賺錢了，她去藥廠包過藥，後來改學洋裁、做童裝，是具裁剪專長的職業婦女。二十歲，阿嬤和外公結婚，當了母親，接連生了姨、我媽和舅舅，既要上班當裁剪師傅，也要操持家務為人媳為人母。我想，阿嬤從年輕到中壯年天天踩著縫紉機，編織著，應該不再是自己的夢想與希望，而是孩子的學費與柴米油鹽醬醋茶吧。自立自強，卓然而立，阿嬤勤儉持家，拉拔三個孩子長大，各自成家立業，堪稱社會小小的中堅份子。

阿嬤的世界，很快的，從孩子轉換為孫兒。姨家的四個表兄弟表姊出生，阿嬤都參與其中、坐月子、帶娃兒；而我們姊妹和舅舅家的表弟表妹，更是在阿嬤身邊長大，享受到更多的照拂與溺愛。我很幸運可以跟阿嬤黏在一起，朝夕相伴地過了十年。

小小年紀的我，每天穿著阿嬤做的不同花色的小洋裝，後面還綁個蝴蝶結，成天就在阿嬤的裁縫間嬉鬧著，聽著阿嬤踩著縫紉機「唧唧」的聲音，以及布匹攤開來、擺置在縫紉台上被大剪刀剪過去的「嘶嘶」聲。童年，就這樣流轉著。記憶中的童年，阿嬤牽著我的小

手，帶我穿過街巷、去上幼稚園；阿嬤帶著我逛遍菜市場，陪我吃好吃的蚵仔麵線、給我買做「蕃薯糊」的材料回家做給我吃、帶我搓湯圓煮圓仔湯；阿嬤陪著我睡午覺，躺在木板大床上享受窗外吹來涼涼的風，阿嬤給我唱著歌、說著故事；晚上阿嬤幫我洗澡、帶著我一起看電視打發時間，楊麗花跟葉青的歌仔戲是她永遠的最愛，但她最苦惱的是兩個人的新戲同時上演時，讓她超難選擇，愛看熱鬧的我，還曾經胡鬧地把澡盆搬到電視前面，就怕錯過了新戲開始的時間。

慢慢的，我長大了，十歲的時候，我們遷居內湖、搬離三重，那個充滿跟阿嬤在一起的回憶的台北縣擁擠小鎮。而阿嬤，仍然守著她的縫紉間，守著那幢老房子，守著那條老街，隨著歲月流轉，逐漸老去。而超級寵溺我的阿嬤，就像我的另一個媽，她在我長大之後，還是不時給我買吃的、買穿的、買戴的，也從沒錯過我的任何一個成長階段。從小學的畢業典禮，到大學的畢業撥穗，阿嬤總是站在台下，跟黃老爹和阿母一起看著我，驕傲地看著，她原本捧在手上寵著、會繞著她轉著的小女孩長大了。

日子一天一天過去，2002 年我乘著大鐵鳥、離開台灣、離開這個阿嬤守著的小島，不會電腦、當然也不知道什麼是網路的阿嬤，只能透過電話線來找到我。開頭幾年，阿嬤聽力還很不錯，所以每一、兩個禮拜，我打電話陪阿嬤講講話，聽阿嬤說說最近發生的新鮮事，以及她看電視節目之後的感想和評論。我開始工作、

生了病、回到台灣、失戀了……，這一連串的事情，阿嬤都知道，她跟我的其他家人與朋友們默默地陪著我一起走過。對於未來，阿嬤曾經語重心長地跟我說，「不管未來會怎麼樣、會碰到什麼樣的人，最重要的，是要找到一個跟自己能『同心』的人，才能一起走人生的路。」我想，在阿嬤的人生中，婚姻與愛情對她而言都是無奈而辛酸的，也許她會羨慕我的自由，但是她也深深地期許我能夠好好把握。

漸漸的，阿嬤的聽力越來越差，對於很多事情的記憶，特別是時間的先後順序也開始有了一些錯亂，吃飯的時候，跟孩子一樣會掉飯粒，走路也因為膝蓋關節的退化而越來越吃力，阿嬤真的老了。2009 年阿嬤做了膝蓋人工關節手術，2014 年阿嬤出現阿茲海默症的症狀。我的阿嬤，就像是我的命，她是那麼那麼重要的一個存在，是我人生中非常重要的一部分，因為我已經習慣了有阿嬤守護的日子，我沒有辦法去想像、也不願意去想像如果有一天阿嬤也會離開，我要怎麼辦？

這幾年阿嬤的狀態一直不見好轉，阿茲海默症帶走了阿嬤最引以為傲的記憶力，聽力的衰退也帶走了她想要跟人聊天交流的欲望。膝蓋關節的退化讓她不願意走動了，菜市場去不了了，美容院也不去了，阿嬤只能留在老宅子裡看著電視，聽著聽不清楚的對白。阿嬤不太說話了，但是她常常斷片的記憶裡，我知道在某一個角落裡還有我，只是阿嬤在記憶裡迷路了，沒關係，阿嬤，我記得您就好。

　　現在，阿嬤走了，阿嬤放下我們，真的走了，她不再守著她的老房子，每天迎著日出日落，在窗邊看著舅舅、強強下班回來了沒有。我知道，我想阿嬤了，我好想好想阿嬤。但這幾天裡，我沒有惡狠狠地哭泣，因爲我知道這一天一定會來到。阿嬤，您不要擔心我，我知道在另一個世界的你一定過得很好，你自由了，不再受困於老宅子裡的病床上，你現在可以去你想去的地方，吃你想吃的東西，說你想說的話，做你想做的事。我知道你掛念著我，我沒事的，阿嬤，我會好好地照顧自己，在我的心裡，你還活著，因爲我是你的孫女，你就是我，我也就是你，你就活在我的呼吸裡，我的血肉裡，我是你生命的延續，爲了你，我會好好的活下去。阿嬤，我愛你。我真的很愛你。阿嬤，祝福您，一路好走，化爲千風，乘願再來，我們再做嬤孫！

大寶是阿嬤帶大的娃兒，兩代母女仨感情特好。（1983）

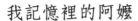

• 3–4

我記憶裡的阿嬤

附記：我記憶裡的阿嬤 黃懿寧 / 2017/ 04/ 07 臉書發文

　　我跟姊姊是阿嬤帶到上小學的。上小學後我的閩南語能力就被回收到只剩渣渣。回去就是個不頂嘴的乖寶寶，因為無法及時組織出頂嘴的閩南語句子。

　　距離生美感，每隔幾個月回去跟阿公阿嬤撒嬌、吃餅乾喝汽水，回家時手上還拎著兩包，超棒。

※　　　　　※　　　　　※

　　阿嬤是個囤積狂，所有東西都留下來以免「什麼時候需要」！阿嬤家就是個巨大的時光寶盒：三年前找到姨高中時期的家政刺繡作品、前年找到阿母的高中獎狀（還是國中的？），甚至去年舅媽找到阿母結婚時穿的訂做旗袍，瘦不拉嘰的腰線，讓阿母自我陶醉了很久……（對啦！現在沒有任～何～人穿得下，超瘦！）現在掛在家裡的衣架上時時欣賞。

※　　　　　※　　　　　※

　　阿嬤這兩年有失智的狀況，過年時連著好幾天很驚慌地問：寧寧跑去哪了？剛剛不是還在跟我一起睡午覺嗎？被誰抱走了？

　　表弟只能安撫她說：寧寧被我媽（舅媽）抱過去顧

了，不要擔心！

※　　　　　※　　　　　※

　　上次回去看著舅媽跟阿嬤鬥嘴，阿嬤噘著嘴一臉不以為然的模樣，就是每次我回去跟我媽講話時，她的表情啊！

　　而阿嬤那個怎麼講都固執己見、毫不動搖的頑固個性，更是眼熟到不行……。（阿母，就是你！不要推到我姨身上。）

祭母文：我堅強的童養媳阿母

阿母！我是阿真，你有聽到嗎？今天我們就要在這兒和你永別了，我心裡實在萬分不捨。想到 25 日那一天早上，我還扶著床邊跟你說著話，你沉沉的睡著，氣息淡淡的，九點多，我連三次都量不到你的血壓，心裡好著急，好擔憂又很不安，你準備要放下我們走了嗎？因為中午與人有約，我要離開前還在你耳邊輕輕說，阿母，我要出門一趟，你先休息，你還跟我搖了搖頭，意思是：不要緊，你就去吧。是不是？

新年期間，老媽歡喜地穿上我為她新買的紫色棉襖。

（2018.02）

想不到，中午二點才過，長榮傳來訊息說：「阿母現在呼吸都沒感覺，身體還是溫的，可能今晚過不去。」當時我車已開到南京東路，立即上建高奔回三重。一進家門，我放聲大哭，反覆哭喊著：「阿母，阿母，阿母啊！我的阿母啊！」我握著你溫溫的手，摸著你的胸口，似乎還有起伏，像是平靜的睡著了，我不斷向長榮哭訴：「媽還有呼吸，媽還沒走，你看，你看！」可終究我還是得鬆手，不再哭嚎，不啜泣，擦擦眼淚，我知道，阿母旅世九十載，你真的累了，你要走了，你要獨自一人行東往西，自由自在，逍遙做仙去了。

　　阿母一生勇敢，堅強，做人「擔輸贏」。阿母愛孩子，疼兒孫，惠及家族大小，處世「不慳吝」。阿母是日據時代的「童養媳」，雖然外公蔡家是三重的望族世家，外婆更貴為三重巨賈天台的千金，但阿母出生十八天就被送到王家作「媳婦仔」，當年童養媳幾乎是無外家可倚仗的。公學校小學畢業，阿母到藥廠包過藥，後來學洋裁，會打版、會裁剪、會設計與縫紉，是專業的童裝師傅，所以家裡大裁板、縫衣機、平車考克，一應俱全。

　　阿母一生最引以為傲的是，曾有一年設計了一款童裝冬季外套，胸口繡了隻企鵝，兩邊小口袋上還結了朵鈴鐺，當時過年大賣上萬件，老闆賺翻了。從小到大，我們都是穿著阿母做的衣衫長大的，我直到上大學，都還穿著阿母做的碎花襯衫與 A 字裙出門，甚至

我的孩子們出生，他們的童年也都穿阿嬤做的和尚衫、小洋裝、小和服浴衣，獨一無二，實穿又漂亮。阿母做衫是「專業」的，而且她照顧全家大小，不小氣。三叔退伍要找工作，阿母大力引薦他到被服廠學裁剪，有一技專精；三姑姑也常提到，阿母會拼接布頭布尾成漂亮的小洋裝，甚至會拿回新款的童裝樣本，送給我表妹小琪和阿娟來穿。阿母，我們都記得你的好，做人「不慳吝」，我知道你愛我們大大小小，穿水水。

老媽最後參與的除夕圍爐宴，開心收紅包。（2019.1.31）

但也由於身為童養媳，身不由己，油麻菜籽要更勇敢、更堅毅、也不服輸。阿母真「擔輸贏」。六十年前你就自立自強，攢錢買地建屋，好讓我們搬出六張街的

三合院老宅子；同時阿母也未雨綢繆，先後買下正義北路小公寓，翻修後出租，好坐收租金養老。阿母教我們「勤儉才有底」，要曉得「打算」，將來才不會吃苦。所以，阿母重視教育，「重男不輕女」，查甫查某都一樣，栽培我們接受高等教育，今天我們三姊弟才都擁有經濟自主能力，可以在社會立足。阿母，感謝你，生養、教育我們長大，直到如今，我們都成了老小孩，也都做了阿嬤，你還是心心念念著我們，關心著我們的孩子與孫兒，時時惦記著我們。

　　阿母，你走了的這些天，我開車到學校，就想到你到過我任教的每一個學校，同事們都喜歡「王媽媽」來視察，你是受尊敬、受歡迎的「王伯母」。當我車子經過成功路，腦中又浮現陪你到三總，就醫看診、住院、等候的種種情形。內湖，你也是常來、算熟悉的，我們一起登過碧山巖、走過白石湖吊橋、品嚐過煮雲軒、溢香園的料理；大湖公園與瓏山林的住家，你也都來過，還記得我炒一盤荷蘭豆配草菇，你誇我青菜炒得清脆鮮綠，好吃，我告訴你是電爐厲害。你愛吃這道菜，對不對？每天早晨澆花時，我都特別對你手植的那株「紅竹」多看兩眼，那是 2000 年我們剛遷居瓏山林，你從三重帶來的禮物，現在紅竹花葉依舊鮮翠、光澤飽滿，生生不息，生機盎然。可是種花人阿母你卻要走了，這告別好難、好難啊。

　　回頭想想，我們三姊弟都六七十歲了，本該多留住你，好好孝敬你、報答你；可遺憾的是，自從 2009

年左腳手術換上人工關節，雖然復健恢復良好，行走無虞，但 2014 年罹患阿茲海默症之後，你就不愛出門了；2016 年請來外勞陪伴後，你還是緩步漸進的退化，直到今年一月下旬突然無法行走，下不了床。至今臥床八月，困居病榻，倏爾棄養，嗚呼哀哉！阿母，你辛苦了，你決定像風箏一樣，放手自由行，隨風飛了，是嗎？你放心，我們都很好，會照顧好各自的家庭與家人。勇敢，堅強，「擔輸贏」的阿母，自此無病無痛，體強身健，阿母，你無罣無礙，自由自在的去吧！祝您一路好走！一路好走！

老媽有三個孩子十個孫子，尚缺我兒的全家福。（1988）

• 3–6

人生，到最後都是一個人

經歷老母親的故去之後，我深切理解到：老，是每個人的必經之路，不禁想到「人生，到最後都是一個人」，這是近來較先進的老後概念，也是一位高齡 97 的日本老太太新書書名。吉澤久子在 65 歲接連喪夫、婆婆又去世之後，一個人度過 30 餘年，這期間她徹底領會了「人生到最後都是一個人」的道理：親人摯愛離去後，不要再憂傷，雖然孤單，要知道這是自由生活的開始，一個人更要活得有魅力、有尊嚴、有趣味，照樣要快樂，要愛自己。

在「人生，到最後都是一個人」書中，吉澤久子提及有個研究老人心理學的見解：「無分男女，一旦結婚的話，遲早有一天會有一方先走一步，這是無法改變的事實，所以應該把這件事列入生命的清單。」吉澤老奶奶認為，配偶哪一天若是先行離開，痛痛快快地傷心一場之後，再轉換想法，「反正每個人老後都會變成一個人，大家都一樣寂寞不是嗎？」她以過來人身分建議，「人生在世，一定會陷入非常非常沮喪的時候，無論周圍的人給出什麼建議，最後還是要靠當事人自發性地想要做些什麼，才有辦法重新振作起來。只有自己能幫助自己。」人生，到最後都是一個人，我們要認清事實，及早準備。

人生，到最後都是一個人

　　我想面對一個人老後的自己，生活自理，老得優雅，是第一個課題。一般人總以為老了就會漸漸失去各項能力，而必須依靠別人；事實上，作一個「自食其力的老人家」很重要，年紀大，老化退化在所難免，當然要理解到自己的能力有所侷限，不過度勉強，但能夠繼續維持「愛乾淨」、「煮自己愛吃的料理」、「保有求知慾」、「運動健身愛勞動」、「有社交生活圈」，能生活自理，老得優雅而美麗，讓自己與「老」相處怡然自得，這才是王道。

　　其次，人生到最後都是一個人，面對死亡，可以早做安排，則是第二個課題。我們不應避諱死亡，提前做好迎接人生終點的準備，提前學習面對老與死亡，讓「老」與「死亡」的意象不再消極、悲觀，我們可以好好地規劃自己的老年至臨終的時光，當感覺離別的那一天來臨時，也許我們會相較坦然、自在。

　　吉澤久子老奶奶就認為，事先做好萬全的準備，能活得比較安心、輕鬆。因此在外人眼中看起來有些忌諱的迎向死亡的準備，她徹底落實於生活當中。像是每次出門時，會將基本證明身分的證件與名片，連同健保卡、醫院掛號證、大體捐贈同意卡，全都放在皮包裡。同時她也早就立好正式遺囑，其中包含葬禮的舉行方式，捐贈清單，名下財產與房子，以及各項急救措施等，所有想得到的，她都列在遺囑中了。真是豁達，又有智慧，一個值得學習效法的老後典範！幸福老人。

147

什麼是幸福？我常想著：快樂不是你擁有的多，而是你計較的少；知足、感恩、惜福，就是幸福。健康平安、家人團聚、歲月靜好，更是幸福。網路群組裡，好友傳來小貼文說：

> 家裡沒病人，外邊沒仇人，圈裡沒小人，身邊沒壞人，四處有親人，辦事有熟人，談笑有哲人，聚會有高人。這可真是快意人生啊！

想一想確實沒錯，我們身邊有這麼多家人摯愛、手足同胞、親朋好友、師友芳鄰等等，大家可以有緣相識相知，人生路上同行有伴，真是幸福，我們要為自己和家人的平安而感恩惜福，也祝禱所有親朋好友喜樂常在，快意幸福！

昊淞觀點：浮生若夢，如何尋覓幸福？

寫給大寶女兒，為愛而戰

黃奕炳

大寶：

　　我前一次給妳寫信，是妳準備在美結婚前夕（2010年7月），那時我才剛結束一場重要的軍事演習，爬出地下指揮所，重見小雪山的晴朗星空；雖不能赴美參加妳的婚禮，內心難免有些許遺憾，但落筆時，爸爸的心情是愉悅而快慰的，我很高興妳可以順利找到可以託付終身的伴侶，以及可以期待的幸福。妳媽媽帶去我的親筆信，字裡行間滿滿的祝福與叮嚀，雖然遠隔重洋，我想妳應該感受得到，且印象深刻吧。

　　但，這次給妳寫信（2021年深秋），我的心情卻似千鈞重擔壓肩頭，即使中秋的滿月盈盈，院子裡的美人樹綻放一樹霏紅，怎麼也無法開懷。看到妳暴瘦憔悴的面容，強忍病痛折磨的苦楚，我和媽媽的心都碎了。猶豫了很久，我還是決定提筆寫這封信給妳，希望妳瞭解在我們心目中，妳是多麼的重要，我們有著無比的信心和期盼，相信妳必然可以像以往一樣，勇敢戰勝病魔和一切橫逆，仍然是頑強的大寶女兒，可以康復而長久承歡膝下。

　　做為一個職業軍人的孩子、家之長女，妳是獨立而

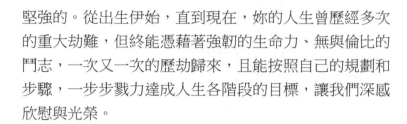

堅強的。從出生伊始,直到現在,妳的人生曾歷經多次的重大劫難,但終能憑藉著強韌的生命力、無與倫比的鬥志,一次又一次的歷劫歸來,且能按照自己的規劃和步驟,一步步戮力達成人生各階段的目標,讓我們深感欣慰與光榮。

民國六十八年(1979),妳在臺北婦幼醫院呱呱墜地,體重僅有兩千三百公克,我去接妳和媽媽出院,在回家的計程車上,媽媽抱著妳纖細的身軀,將頭緊貼著妳因瘦弱皺成一團的臉龐,頻頻拭淚,她心疼妳的瘦小,更擔心在未來漫長的歲月裡,是否能健康的快快長大。但回到三重明德街我們那方小小的蝸居,在母愛的滋潤,以及外公、外婆、舅舅和舅媽的呵護下,妳展現堅強的韌性,很快成為一個活動力十足的健康寶寶,讓我們感受新生命的活力,更成為爺爺捧托傲視全三張街的懿慈大佛。媽媽常快慰的回憶:妳回家後兩個月,一瓶兩百西西的牛奶,從三樓抱到二樓即已吸乾見底,胃口特佳,長得特快,迥異於剛出生時二三小時就要喝奶,卻每吸兩口就完全沒有力氣,甚至累得睡著了,教人擔心。

小皮出生時,妳剛滿三歲,媽媽還住院中,我回步校受訓,妳在外婆家不慎由二樓摔落一樓,腦殼破裂顱內出血10cc,嘴角因血塊擠壓神經而抽搐,病情兇險,媽媽將小皮託付醫院嬰兒室,急忙返家,會同舅舅將妳送往台北馬偕醫院急診。那時人在高雄姑姑家的金門公,憂急萬分,懷著四萬美元準備應急手術之用,帶

著我由高雄搭車直奔醫院，數百公里馳援，焦慮之情溢於言表。當天夜裡，將妳安頓妥當，媽媽因為剛分娩，漲奶疼痛難當，我們走遍了竹圍那條街道，勉強找到藥房有退奶的藥劑，又匆匆趕回病房陪妳，支持妳儘快康復，是我們唯一的念想。這次重大劫難，幸遇貴人林烈生醫師，他堅持「穩住病情，由孩子先自行吸收腦中血塊，萬不得已時再開刀。」天助人助先自助，妳在媽媽細心照顧下，不負林醫師的期望，用堅強的生命力渡過此一劫波，很快從加護病房（3天）轉到普通病房（7天），便重展笑顏，出院時，同病房大哥哥、大姊姊們都為妳加油，他們還在妳手腕的石膏上，寫滿了祝福的話語，妳還記得嗎？生命無常，自強者勝！妳是我們的最珍貴的大寶。

　　妳在成長過程中，我因長期身羈軍旅，隨部隊四處調動，無法全心照顧家庭，全靠媽媽撐起整個家務。我錯過妳所有的畢業典禮，沒有參加過妳的家長（母姊）會，甚至記錯妳就讀學校的班級，但是身為長女的妳，展現處女座的特質，處處求完美，非常獨立自強，無論生活或課業都不需要媽媽和我操心，從內湖國小、麗山國中、中山女中一路到臺大，甚至隻身一人負笈聖地牙哥，都以千山萬水唯我獨行的信心，舉重若輕的逐一完成，不僅成就自己，也為妹妹和弟弟做了最佳楷模，讓我們深感安慰。

　　在加州留學期間，妳挺過情傷，卻因畢業後在舊金山星島日報的記者生活和工作壓力而生病，帶著受挫的

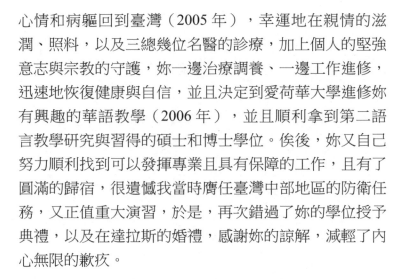

心情和病軀回到臺灣（2005 年），幸運地在親情的滋潤、照料，以及三總幾位名醫的診療，加上個人的堅強意志與宗教的守護，妳一邊治療調養、一邊工作進修，迅速地恢復健康與自信，並且決定到愛荷華大學進修妳有興趣的華語教學（2006 年），並且順利拿到第二語言教學研究與習得的碩士和博士學位。俟後，妳又自己努力順利找到可以發揮專業且具有保障的工作，且有了圓滿的歸宿，很遺憾我當時膺任臺灣中部地區的防衛任務，又正值重大演習，於是，再次錯過了妳的學位授予典禮，以及在達拉斯的婚禮，感謝妳的諒解，減輕了內心無限的歉疚。

婚後，妳的婚姻生活美滿、工作順利，生下潔恩（2012）、維恩（2014）兩個可愛的寶貝，正值大家都在歡喜迎接新生的潔恩時，卻傳來妳甲狀腺出狀況的消息，剛剛幫妳坐完月子回國不久的媽媽，又不辭辛勞萬里馳援，陪伴妳完成相關的手術與治療，且為了讓妳安心靜養，把出生剛滿八個半月的潔恩帶回臺灣（2015）。此期間，妳憑著超人的毅力與鬥志，在母愛的鼓勵和夫婿無微不至的照料下，妳再一次戰勝病痛，恢復健康，並且積極投入本身的工作。此後，妳定期檢查，隨時追蹤身體的健康狀況，媽媽更是緊盯不放，時時叮嚀妳注意保健。因此，此次罹癌如此嚴重的病情，完全出乎我們的意料，更驚動了臺灣和金門、南洋的親友。

大寶母女仁，母護幼雛親子情緣永不止息。（2014.9.26）

　　往事歷歷，我們可以發現妳的人生一直布滿荊棘，前路多艱，所幸憑著堅強的意志和信仰，終能克服一關關的磨難，並且朝向妳設定的目標，勇敢邁進。正如妳自己的認知：「神要通過這次的磨練，讓我成為更好的人，從裡到外的翻新。」我和媽媽也深信，妳一定可以像以前一樣履險如夷，順利通過上天的試煉，成就更溫暖、善良與圓滿的自己，我們有著充分十足的信心，妳應該也是吧！

也是母女仨，大寶姊妹倆的童年在三重窩窩。（1988.7）

　　治療康健之路，是一條長時間的奮鬥過程，但在與病痛搏鬥、抗爭時，妳並不孤獨。語文中心長官與同事、教會兄弟姊妹和在美的親友，給予及時的關懷和有力支援，讓人感動；而金門、臺灣和南洋的親朋好友，

也紛紛透過各種方式，表達他們對妳的支持和祝福，情義深重。我們家人更是全力動員，妹妹小皮包辦了所有的庶務事項：採購、郵寄、協調連絡；弟弟小多則剪掉了他蓄留多年、珍惜如命的長髮，理了一個大光頭，他說要給妳化療掉髮時做假髮，更彰顯陪妳共同奮戰到底的決心。而我和媽媽則歷經簽證、打疫苗、篩檢等過程，在新冠世紀瘟疫的威脅下，放下手邊所有的工作，萬里長征，來美陪妳打生命中最關鍵、艱困的一仗，妳是我們最最重要的寶貝，我們必須盡最大的努力，跟妳站在一起，共同面對一切的橫逆和挑戰。

大寶，治療之路漫長而艱辛，但「受苦的人沒有悲觀的權利」，更何況妳承載著如此多的關愛和期望。正如聖經所言：「不要放棄！耶穌放了一顆巨人的種子在我們裡面，這個種子使你的未來如此與眾不同。」我相信妳必然會堅此百忍、奮戰不懈，重新找回一個健康、自信的大寶，不會讓所有關心妳、愛妳的人失望！爸、媽愛妳！加油！

爸爸　寫於維吉尼亞歐克頓的深秋 2021/10/26

• 3–8

勇闖天關，勢在必行

「父母唯其疾之憂」，確實，孩子有難，父母最是揪心。大寶女兒突罹惡疾，老爸老媽憂急莫名，萬里馳援，特地飛來華府一起奮戰抗疾，迄今已四星期，我終於有勇氣回顧這段歷程，記錄下點滴心情。

就在百年大疫 COVID-19 新冠肺炎病毒肆虐全球近兩年後，2021 年 9 月初學校甫開學，突接獲大寶女兒傳來罹患第四期胃癌確診的噩耗！一時間震驚、痛心、悲傷、慌亂、恐懼與憂慮佔滿我腦海，怎麼會這樣？怎麼會這樣？遠隔重洋，我竟然手足無措，不知如何是好？我無法思考、無法做事、無處言說，就像個空殼人一般，在屋子裡悠悠晃晃，心空洞洞的，茫茫然，不時感傷地躲進房間，縮在被子裡暗自垂淚，自己舐舐傷口，以為是自我療傷，幾天裡就把哀傷的五個心理階段來來回回走了幾趟：從否認（Denial）、憤怒（Anger）、討價還價（Bargaining）、沮喪（Depression）、到接受（Acceptance）。終於，才鼓起勇氣，打電話和姊妹淘訴說心情，把大事揭開，決定擱下眼前一切公私事務，立即趕辦簽證，準備萬里馳援，赴美探視支援大寶女兒去！

辦簽證、訂機票、打疫苗，在現今疫情緊急下，趕著出國得要闖三關；但是天下父母心，我們勇闖天關，

勢在必行！於是，9/4（六）方得到大寶罹疾通知，9/6（一）美國勞工節 AIT 放假，9/7（二）即申請美簽回復綠卡，隔週 9/13（一）赴 AIT 第一次面談，並著手準備回復綠卡相關文件，9/22（四）AIT 通知 10/14（四）第二次面談，應完成體檢並繳交所有必備文件。就這樣，我們趕著當晚 9/22（四）就去拍照、隔日 9/23（五）去戶政機關與警察局、衛生所辦理所有相關證件，又去指定醫院做體檢，將文件一一備齊。然後，上網看機票、討論可行方案並連繫施打疫苗與出國核酸檢測事宜，還徵詢蒐集相關醫藥與食譜調養資訊備用。到 10/1（五）施打流感疫苗，10/5（二）開立機票，10/6（三）老媽施打第二劑的 COVID-19 疫苗，10/14（四）老爸也施打第二劑 COVID-19 疫苗、並赴 AIT 第完成二次面談，隔日 10/15（五）到醫院辦疫苗護照黃皮書、並到戶政事務所補申辦出生登記證明，出發前 10/20（三）到診所做 PCR 檢測、並上網登錄做登機準備，終於！打包行李、帶足裝備，老爸老媽倆老兒花費 45 天，連闖多關，跑完所有流程，10/22（五）一早登上 UA

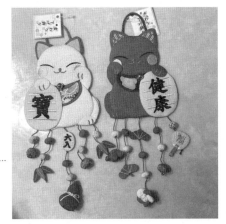

萬里祝福：小皮與小光母子特別給大寶的祈福禮物。

班機，準備赴美執行救援任務來囉。（當然後援部隊雖尚未抵達，糧草早已先行，9月中就先後匯出3筆金援，也寄出2個包裹啦。）

我們在舊金山轉機、經歷18小時的長途飛行、總計22小時航程，終於在美東時間10/22（五）的暮色中（18:55飛機落地），帶著兩大箱、兩中箱、兩登機小箱行李，還有兩隨身背包，飛越萬里重洋，安抵華府。老爸老媽初見大寶，只覺得恍如隔世！一場惡疾重擊之下，體重減了14公斤，乾枯消瘦，疲累、憔悴地罩件大T恤與寬鬆睡褲，手如枯枝，因疼痛不適、連步履也都變了形，哪裡是我那個原本略略豐腴、四十一枝花的大寶女兒呢？我心如刀割，但未激動、也沒有嚎哭，只暗暗在心底立誓；我們一起戰鬥，驅離惡疾，一定要找回健康，還我原來的大寶！

聽大寶說起，我們才知道她最痛苦、最糟糕的9月份，背痛難熬、吃不下、睡不著、也拉不出，舉步維艱，虛弱無力，連穿衣脫褲、移動位置，都需人協助扶持！自覺此身已非我所有，深感挫折與沮喪，苦不堪言，都不願照鏡子面對自己了。可遺憾的是，這時間老爸老媽卻遠在萬里之外，抱不到人、說不了話，只有等待再等待，祈禱老爸老媽早日到來，祈禱療程早日開始。（9/3就醫確診，9/10即做好人工血管，完成化療準備。）

所幸遵照醫囑的醫療計畫，我們到達前，已於9/27、10/11先後完成2次的化療與免疫治療，一次療

程 3 天，大寶的狀況也稍有進步。我們這後援部隊來了之後，又陪著大寶做第 3、第 4 次的療程，同樣的化療加免疫療法，10/25、11/8。每次療程進行前一週的週四先去看診並抽血檢驗，療程第 1 天報到後再次驗血，各項指數要達到標準、醫師認可後才能進行療程，各個藥劑注射總計約 4 小時，回家時還要揹個隨身小包，48 小時針劑注射幫浦，到第 3 天再返院拆卸裝置，才算完成一次療程。感覺後兩次療程的效果，較前兩次明顯且有進步，狀況也穩定；許是情緒較篤定，或者是中西醫合併治療的關係吧。

老爸老媽帶來親情的慰藉與支持鼓舞，還有每日早晚各一次的化療漾（補充藥飲）與台北中醫的藥方（一劑藥方 9 碗水熬煮成 2 碗），再加上每日母女在家練功運動、或出門散步曬太陽，還有隔週一次的華府中醫針灸與按摩，當然還有每日三餐與點心的餐飲食補，總之，這老爸老媽的陪伴與照料，應該是有點兒功效的吧。不過。我以為，老美這樣的治療模式，只有檢查、看診、治療等，需要使用醫療設備與醫護人員處置時，才需到醫院，其餘時間都居家、免住院，既可節省醫療資源的浪費，又可穩定患者情緒，對醫療成效必有助益，值得借鏡。

現在大寶原訂在感恩節前（11/22）要做第 5 次化療與免疫治療，可是放射科醫師在檢查後建議，先插隊做 2 個療程的 10 次放射治療，大寶的主治大夫也同意了。所以，今年（2021）年底之前，我們將陪大寶再闖

幾關：要完成 10 次放療、2 次化療與免疫治療。一關一關，勇闖天關，我們萬里馳援，勢在必行，願神賜福，我大寶女兒必得醫治，必勝必成！感恩這一路許多貴人相助，此間的醫護人員，大寶的同事友人，還有我們在台灣與海外的至親好友，感恩再感恩，因為有大家這麼多的愛，我們才能萬里馳援，救援任務成功。

母女同行：爸媽萬里馳援，日日陪大寶社區散步鍛鍊。

病中過節的儀式感

　　今年深秋（2021.10）我和老先生飛越萬里，來到華府照顧罹病的大寶女兒，雖心情沉重又牽掛，卻須堅強地武裝起自己，聯手對戰惡疾，因為我們深知戰役的勝利，戰略、戰術、兵力與軍備都不可少，而精神戰力更是打仗的致勝關鍵。所以，我們認真蒐情戰情，擬定方略，配合醫師團隊的診治與安排，日子在走，上班上學、治病調養的，要讓大家都能「如常」過日子，就是當下的生活準則了。而正巧我們抵美時，從 Halloween、Thanksgiving 到 Christmas，10、11、12月，每月一個大節日，恰是老美最為重視的一年三大節日，我們豈能靜默忽略？怎能不隨俗參與呢？既然不容錯過，陣仗自然就要做足，病中過節儀式感還是需要的。

● 儀式感裡蘊含著愛與隸屬

　　春去秋來，在台北的我，總是一年開春盼元宵，過了端午等中秋，冬至一過就準備過新年。隨著時間遞移，歲月流轉，我向來喜歡有節有令，依著時序過日子，可以讓生活過得有重心、有滋有味又有盼望。到了華府，入境隨俗，我依然如此，希望能夠「如常」過日子，過著有節有令的正常生活。其實，追求安居樂業、

歲月靜好，不也正是一般升斗小民對人生、對家庭、對社會的最大想望與衷心期待嗎？我相信，節令的儀式感，蘊含有愛與隸屬感，確實可以讓我們全都振奮起來，精神多了。

剛到華府（10/22），正是楓紅時節，秋詩篇篇，滿眼只見色彩繽紛，紅葉黃葉斑斕多姿，美不勝收。我和老先生早晨繞著幾個鄰近社區、運動中心健走運動，還邊賞景賞屋、兼考察民情；近午或午後，陽光和煦，則陪大寶女兒出來走路、散步、曬太陽。我們看到家戶門口與庭院的萬聖節裝置，蝙蝠、蜘蛛網與南瓜燈等等，一如昔日傳統，儀式感依然存在，但似乎沒有往年的「榮景」，不似過去熱鬧，大約受疫情影響與經濟受創，都有點關係吧？

● Halloween 孩子玩 Trick or Treat ？

這時間，10 月底到 11 月初，我們陪大寶做第三、第四次化療加免疫治療，療程順利，治療後也無過大不良反應，體重雖有上下，精神體力與飲食睡眠尚可接受，主治大夫都還稱讚說 Good。每一次治療需三天療程，兩週一個循環，中間還要到院檢測、回診及肢體按摩；我們在家也自行煎中藥、喝養生液，中西醫合併治療。大寶除了治療調養，還督導小孩兒課業、聯繫小朋友生活與學習事務；當然，她也不忘安排老爸老媽的休閒運動與衣食照應，讓大家假日去 Burke Lake 與 Great Fall 秋遊散心，又上網給二老與小孩兒添購冬衣棉褲與

靴子，還帶著老媽開車去 UPS 給台北的小光郵寄新書與新衣包裹。至於 10/31 的 Halloween，萬聖節咱們該怎麼過呢？

大寶讓我們事先去 Wegmans 超市買好各色糖果，放在橘紅色的南瓜小提桶裡，準備分贈給當晚來訪的小朋友；然後 TV 的萬聖節服飾道具都早已備妥，屆時可以穿戴，小 V 尤其鍾愛她的 Queen Anna 裝扮；二小在學校也有萬聖節相關課程的活動與作業，我就看到小 V 帶回家的作品，萬聖節的計畫，其中還出現阿嬤的腳色，讓我足感心呢。Halloween 當天晚上，確實是阿嬤陪著 Queen Anna，穿著她的紫色公主裝、帶著皇冠、拿著鑲鑽權杖，挨家挨戶去要糖：Trick or Treat ？小 V 當晚就帶回滿滿一小籃子的戰果，過足了癮。

● Thanksgiving 的火雞大餐

到 11 月中旬，第四次化療與免疫治療完成後，醫師安排大寶做掃描檢測，要針對骨轉移的治療先安插放射治療，在感恩節前做四次、感恩節後到 12 月初再做六次，一共兩個療程十次放療，然後再回來做第五六次的化療與免疫治療。看醫療團隊的放療醫師這樣積極，我們豈能不認真對抗惡疾？略懷忐忑的，我們用心準備大寶的餐飲與湯藥，還要符合營養需求並變化菜色，同時，老媽也謹慎掂掇著帶她運動練功，拍打拉筋、呼吸按摩。不只我們家人在美齊心奮鬥，大寶遠在印尼的阿公阿嬤也每週數通電話、視訊關心，台北的弟弟妹妹更

163

是天天早晚空中會面問好,外加後勤補給國際包裹,其他親友也不時從臉書、網路、電話等送來關懷與加油打氣,十分暖心。

最是感人的是,大寶在此間的諸多友人與同事們,每週定期來探望、還送來自製的補給食物,品類繁多,豆漿、雞湯、包子、春捲、水餃、烤雞等等,盛情可感。尤其是玲玲的先生 Mr. Craig Green,精於廚藝,連中式烤鴨都可上菜,牛骨湯、排骨湯、土雞湯、牛肉湯、蔬菜湯……每週都有美食分享、不一而足,甚至過節還提早供應、一週不只送兩回呢。這麼好的後援部隊,著實感人。

感恩節是個家族團圓,感恩慶祝的歡

TV 寶貝的感恩節南瓜裝飾作品,頗具童趣。

今年的感恩節大餐，全是大寶訂購、準備、指導完成的。

聚時刻，南瓜與玉米的裝飾最是常見，也是這季節的特產，節令特色，幾乎每戶人家門口都可見到。TV 在校都有節令相關活動與作業，姊姊做火雞設計裝飾，她的火雞是穿著大禮服的紳士，還條列出不吃火雞的八大理由，很有同理心、也有環保意識；妹妹則是彩繪火雞並寫上她所感恩的事，家人、食物、飲水、床與星星。咱家客廳也擺著一排、五個大小不一的南瓜，橘色、白色、黃色與粉紅色，都是 TV 的彩繪傑作，畫著有笑意的眉眼鼻口，而非 jack-o'-lantern 大頭南瓜燈的雕刻。

我說起感恩節的由來，是當年英國來的移民，在秋收後有感於印地安人的幫助才有此感恩聚會慶祝，象徵著友誼互助與感恩，很有意義。T 寶寶趕緊告訴阿嬤：現在不說印地安人 Indian 了，要改稱 Native American

美國原住民，以避免種族歧視或標籤化。因為 Indians 美國原住民在歷史上曾受到不平等和殘酷的待遇：在十九世紀，隨著歐洲移民大量湧入，許多原住民被強迫遷移到偏遠的貧瘠之地，不少人被屠殺和殘酷的逼遷。可是在第一次世界大戰期間，卻有很多原住民加入美國軍隊，在戰場上英勇殺敵，社會輿論才對原住民的態度略有改善；到了 1924 年，建國將近 150 年後，美國政府終於宣佈原住民享有公民權利。哇！謝謝 T 寶寶，讓阿嬤又長知識了，確實，族群歧視與種族融合，是個重要而敏感的課題，也難怪網路上會看到有些討論，感恩節也是個屠殺與歧視、恥辱的日子，我們應當記取教訓，包容與尊重是絕對必要的。

節日將屆，大寶指揮著我們準備豐盛的感恩節大餐，預先訂購一隻感恩節火雞、當天取貨回家自己烤；當然除了火雞主菜佐特色蘸醬之外，還有許多純美式的佳餚：奶油烤玉米布丁、馬鈴薯泥沙拉、炒青綠色長豆、涼拌各色蔬菜等等，以及一大鍋法式牛腱牛筋牛尾湯。謝天謝地，感謝神，感謝諸多親友家人的支持與呵護，我們一家人能圍坐吃大餐，大快朵頤，確實美好又感恩啊。

● 過了 Thanksgiving，Christmas 就近了

一過星期四的 Thanksgiving，連續假期黑色星期五，大家隨即忙著瘋狂大採購，準備要過聖誕節 Christmas 了。11 月底的星期天，連白宮第一夫人 Jill

Biden 都開始做 Christmas 布置與裝飾；大寶也不落人後，催促著港元要趕快，星期天午後就帶著我們一起去選購聖誕樹。到了賣聖誕樹的園藝場，我們像劉姥姥進大觀園一樣，大開眼界，滿園子各色松樹，樹樹挺拔、偉岸又青翠、各具英姿，實難抉擇；最後我們投票選了一株松樹 Douglas Fer，有 6-7 英呎高，綑在車頂載回家。到家後立即開始裝飾聖誕樹，大手小手上下齊動手，樹枝掛上小飾物、樹頂配上星星、樹下擺上禮物，地板上還鋪著聖誕紅葉圖案的圓形墊布，非常完美。聖誕禮物是人人有獎，因為大寶早已陸陸續續給全家人買了手機、小家電、鞋子、衣服、文具、書籍、美勞手工藝等，我是蘋果手錶 Apple Watch、老爸也有一雙 Clarks 克拉克新皮鞋，皆大歡喜。當天晚上聖誕樹亮燈時，一片歡呼，Christmas 的氛圍完全體現。

可是，大寶第二階段的放射治療反應逐漸累積顯現，12 月初之後疼疼加劇、嘔吐頻仍、食慾不佳、體重漸減與倦怠無力，在在使她備極艱辛，痛在兒身、疼在娘心，讓我們萬分心疼不捨，憂急得真想求求老天爺讓我替她受苦，就換老媽來承受這痛楚吧。孩子，加油！現在我們完成了四次化療與免疫治療，也挺過十次放射治療，昨天 12/7 還又加一次骨盆大腿的單次放療，我們很勇敢堅持到底，一一完成這一階段的試煉，值得為自己鼓掌！眼前還有檢測要做，以及後續五六次的化療與免疫治療，我們一定要樂觀奮鬥，奮勇前進！你看，家裡的聖誕樹佈置得多麼美麗壯盛，松柏長青，

生命力旺盛，一樹燦爛，樹頂上高掛的星星綻放光芒，
它就是神的旨意，希望的表徵！

T 寶寶登高裝置聖誕樹，媽咪也有參與，指導點評觀看。

　　大寶，平安夜，聖善夜，萬暗中，光華射。平安
夜，聖善夜，神子愛，光皎潔。我們懷抱著著信、望、
愛，讚頌謳歌生命的美好，期待 Christmas 的祝禱一一
顯現。牧羊人，在曠野，忽然看見天上的光華，聽見

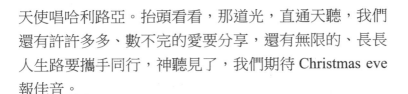

天使唱哈利路亞。抬頭看看，那道光，直通天聽，我們還有許許多多、數不完的愛要分享，還有無限的、長長人生路要攜手同行，神聽見了，我們期待 Christmas eve 報佳音。

Silent night, holy night,

All is calm and all is bright,

Round yon virgin, mother and child,

Holy infant, so tender and mild,

Sleep in heavenly peace, ooh.

Sleep, sleep in heaven, heavenly peace.

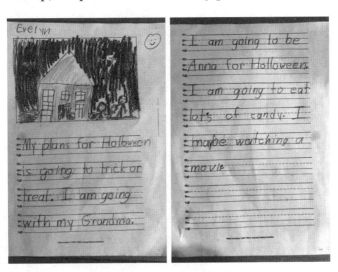

Evelyn's Halloween
2021.10.31.

小 V 在校的萬聖節作業，其中也有阿嬤的腳色喲。

• 3–10

征戰鎩羽，痛失摯愛

回去了，回去了，我們就要先回台北去了。老爸老媽此行萬里長征，飛來華府馳援將近三個月，不意任務失利，遽爾痛失摯愛，現今我們將鎩羽而歸矣！

我的大寶女兒走了！12月15日下午18：30，大寶在維吉尼亞州 Oakton 小鎮家中，家人摯愛的圍繞下，安詳辭世，歸返天家了。嗚呼哀哉！爸媽十月份飛越重洋，來與大寶聯手抗擊惡疾，至十一月底感恩節前，療程大致順利，大寶也堅強奮鬥，無奈十二月初

旅美 20 載，他鄉已成故鄉，大寶長眠於斯矣。（2021.12）

戰情急轉而下，大寶最後力戰撒手，爸媽、手足、摯愛與稚女椎心之痛，痛徹心扉。當日上午小弟由台緊急飛美增援，於舊金山轉機時視訊連線，大寶已進入彌留狀態，聽聞弟弟淚眼相對地哭喚：你等我，你等我！大寶激動地轉動眼睛、血壓、心跳、血氧濃度全都升高，眼角流出淚水，別矣，永別矣！我知道，小弟趕不及，你已累了，要先走了，我的寶啊，我們有多麼心痛，多麼不捨，你可知道？

　　自從失去大寶之後，我天天照樣早起，打理早餐、灑掃內外，看到窗外 Oakton 的晨曦雲彩照樣和煦耀眼，光彩奪目，一如大寶每日清晨在床上望向窗外所見，旭日東昇，滿天彩霞。可當我備好早餐，卻沒有大寶下樓在一旁對我說：「爸早，媽早。」也聽不到大寶回應我的問話，昨晚睡得好不好？然後吃起她的蒸蛋、喝起果汁了。她常坐的位置空了，大寶再也不回來吃飯了。但是，我在 Oakton 家中感受到滿屋子處處都是大寶的身影和氣味，大寶沒走啊。我做飯燒菜，櫥櫃裡都是你愛吃的台灣大腸麵線、小肥羊火鍋湯包、南洋肉骨茶包、五木拉麵、金蘭香辣醬油等，冰箱冷凍櫃更多蔥油餅、蛋餅皮、肉包子，還有你每週預約訂購的台灣料理、每月網約寄來的日常家用品等等，大寶對孩子對家庭的眷顧，仍然持續著。我相信大寶還在，她還與我們同在啊。

　　確實，大寶一直都在，她是我們最大的安慰、最感驕傲的寶貝女兒。從小到大，她善良、貼心，認真、負

責，勇敢、堅毅，她在學業上力求上進，從不讓爸媽操心：在台大唸國關，還拿二萬五千元的外交獎學金；到聖地牙哥讀國際關係與太平洋研究，也拿獎學金兼中文助教；後來再到愛荷華，攻讀第二個碩士與博士，轉行第二語言習得與教育研究，孜孜矻矻，斐然有成，還登上學校的專刊傑出人物介紹。她在工作上表現優異，備受肯定，國務院外交學院的長官同事，無不舉起拇指大加讚賞，因為她用心、努力、優秀又有團隊精神，九年

望鄉：大寶安厝處方位西向，可遠眺太平洋與家鄉台灣。

來屢屢獲獎受表揚，我們都深感欣慰，與有榮焉。在家裡，她更用心教養 TV 二小，無論生活、學習、宗教、乃至人生，鉅細靡遺，絕對是個最好的媽媽、最棒的老師，連我這當了四十多年老師的，看了都要敬佩，大寶你真的太棒了！

　　遺憾的是，爸媽與你緣淺，此次萬里馳援來陪你打這場生命戰役，我們輸了。或許上帝自有計劃，一切都是最好的安排，但我們雖敗猶榮，你曾經活得如此燦

爛，光彩又輝煌；我們共同擁有許多美好時光與甜蜜回憶，相信愛是永不止息，絕對值得讚美，永遠記得的。這些日子裡，老爸和我每每細數著你剛出生時，媽媽抱著你、看你皺皺的細小模樣擔憂著；你一歲時到官校過年大會餐，拿起紅蘋果、隔空大聲連喊爸爸、嘴角都喊出泡泡；你兩歲回金門過年，一身大紅長棉襖、像從畫裡走出來的娃兒、大受眾人青睞；你上幼稚園，下午點心總會在圍兜裡多帶一份回家給妹妹；還有你上學、你出國、你結婚、你生產、你你你……。

　　數不完的往事與回憶，你的可愛、貼心、善良、努力、熱情、勇敢與堅持，我們會永遠記住，你會一直是我們的大寶，永遠都是。而今我們和你親子塵緣已了，你已化為千風，回歸主懷，做了天使，我想你在天上一定時時看顧著你所愛的我們大家，對吧？放心，我們會照顧好自己，並照顧好 TV 寶貝，大家都會認真生活，戮力未來，替你完成未竟之志，我們會連同你的份兒，一起活得更燦爛、更充實。大寶，放心飛翔吧！願你如此聰慧美麗又有才華的孩子，縱身一躍，如大鷹如紅雀一般，振翅高飛，乘風而去，自由自在，開心飛翔去吧！今晨（1/2）我一打開手機，便看到一則廣告，那女孩仰著頭、迎著風，閉眼微笑的模樣酷似大寶，難道是大寶到夏威夷去快樂吹風了？我洗手時又看到窗台上你秋天所養的小盆栽已經發出新葉芽，一球球小嫩綠，勃然新生，就連那謝了的蘭花也長出新枝枒了。新生命的訊息，已然在望，在在提示我們：新生命就要開始。

　　感謝許許多多大寶的好朋友、好同事，還有親愛的家人至愛，這段時日的陪伴、支持、協助、看顧，我們和大寶衷心感謝大家，有您真好，感謝神！走過2021，我們拭去淚水，迎向晨曦，面對陽光，微笑向前，迎接2022的到來！我們大家都要好好的，如常生活，而且愈來愈好，健康平安，這也是大寶的期待啊。2022，就讓我們重新開始吧。

疫情爆發前，爸媽赴美探親，全家在華府歡聚合影。

（2019.08.29）

輯四　陳年往事・懷舊篇

行軍記

原刊登於青年日報青年副刊 74.04.30（1985 年）

三月三十日，為慶祝青年節緬懷先烈革命精神，暨追思先總統　蔣公逝世十週年紀念日，我們舉行了全校行軍大會師，由五股到觀音山頂凌雲禪寺。

一早天空陰霾灰暗，雨絲不斷，有少數人以為可以放假了，但多數師生卻豪情萬丈，希望能如期行軍，接受大自然的考驗。尤其前一天（二十九日青年節）才在報上看到一則消息：承平的瑞典，八名士兵在荒野山區，接受世界最艱難的耐力測驗。天寒地凍，氣溫零下三十五度，沒有糧食或補給，只能以松針、青苔，煮湯為生，經過九天軍事演習，最後他們戰勝了惡劣環境成功了。大家看到天空中的斜風細雨，反倒信心十足、躍躍欲試了！我們中華兒女哪裡輸給瑞典士兵了？任你狂風暴雨來了，我們也要衝破陰霾，迎接光明去。

八點半集合完畢，經過一番「熱身運動」唱歌答數，抖擻精神後，隊伍依序出發，由日校商科四科系領頭，接著是日校工科四科系男生，後面是補校的同學。從五股鄉陸光站，往義民路，隊伍分左右兩列，同學個個穿著整齊制服，書包由左肩至右斜背，二千多個同學蜿蜒前進著，二千多公尺的隊伍，煞是壯觀！

我在省立三重商工職校商科的學生，個個清純又善良。

　　校長、訓導主任走在最前方，各班導師、各科教官都各隨自己的班級與學生同步前進。走著走著，各班同學都使出渾身解數，嘹亮的歌聲迴盪在山林之間；我班同學更出奇招，每個人輪流喊口令調整步伐，一二一二之聲不斷，其間又加上精神答數、特別答數、常答數等振奮軍威，還以〈莫等待〉、〈夜襲〉、〈英雄好漢在一班〉、〈勇士進行曲〉等軍歌提高士氣，唱著走著，大家都完全投入「刷─刷─刷」的行軍步伐中，連老師也跟著一起唱軍歌、踩步伐了。

　　迤邐而行的隊伍，軍容壯盛，充滿了陽剛之美，女

老師、女學生似乎也有了巾幗不讓鬚眉的氣概。但是，綿長的隊伍也有其柔美處。當我們看到前方部隊爬上了斜坡，點點身影在山林樹叢間忽隱忽現時，山嵐襲來，有如置身縹緲仙境，奇妙玄異無比。當我們也上了坡，再回首坡下的後方部隊，像極了小人國裡的娃娃兵，小小身軀亦步亦趨、整齊劃一，可愛得令人忍不住又多看了幾眼。雨後的青山更青翠，濃濃淡淡深淺不一的綠，全都洗滌一淨，新鮮可人。走到稜線上，一聲「向左看」——哦！好美的八里海岸，白色浪花如砌起的皓皓白雪，變化萬千。

踏著軍歌步伐，行進了三個小時後，我們終於抵達了目的地——觀音山凌雲禪寺，在千手大佛殿下會師後，大家齊唱〈梅花〉、〈總統　蔣公紀念歌〉、〈我愛中華〉等，雄壯的歌聲震撼山岳。校長、主任、教官分別說明了行軍意義，並做行軍檢討、講評，接著大家就帶開午餐，瀏覽山景寺容，有的班級還上了硬漢嶺，有的則留原地做大地遊戲，然後下午二時集合後，便往回程搭車返家，結束了這次的行軍訓練。大家在風雨中前進，通過了大自然的考驗，建立了堅定信心和毅力，行軍讓我們更認識自我、肯定了自我！

行軍記／王素真

74. 4. 30. 青年日報 副刊

三月三十日，為慶祝青年節緬懷先烈革命精神，暨追念先總統　蔣公逝世十週年紀念日，我們舉行了全校行軍大會師，由五股到觀音山頂凌雲禪寺。

一早天空陰霾灰暗，雨絲不斷，有少數人以為可以放假了，但多數師生卻豪情萬丈，希望能如期行軍，接受大自然的考驗。尤其前一天（二十九日青年節）才在野外看到一則消息：承平的瑞典，八名士兵在荒野山區，接受世界最艱難的耐力測驗。天寒地凍，氣溫零下三十五度，沒有糧食或補給，只能以松針、青苔，煮湯維生，經過九天九夜，憑著堅強毅力十足，歷盡艱辛，終於成功了！大家看到天空中的狂風細雨，反倒信心十足，暴風雨來了？任你狂風暴雨來了，我們也要衝破陰霾。

八點半集合完畢，經過一番「熱身運動」唱歌答數、接著隊伍依序出發，由日校工科四科系男生，後面是補校的同學，從五股鄉陸光站，往義民路，隊伍分左右兩列，二千多個同學緩緩前進著。

二千多公尺長的隊伍，煞是壯觀！各班導師、各科教官都使出渾身解數，各隨自己班級與學生同步前進。走著走著，各班同學都便出奇招，每個人輪流喊口令調整步伐，一二一二之聲不斷，通其間又加上精彩的答數、特別整齊的步伐、常答數等，以其整齊、夜襲、英雄好漢在一面，男士進行曲等軍歌聲，高士氣，唱著軍歌走著，大家都完全投入「刷—刷—刷—」的行軍步伐中，連老師也跟著一起喊軍歌，充滿了陽剛之美、女老師、女學生似乎也有了巾幗不讓鬚眉的氣概。但是，綿長的隊伍也有其柔美處。當我們看到前方部隊踏上了斜坡，縹緲仙境，奇妙玄異無比。當我們忽然現時，山嵐霧罩，有如墜身縹緲仙境，奇妙玄異無比。可愛得像小人國裡的小娃娃兵，小小身軀亦步亦趨的後方部隊，可愛得令人忍不住多看了幾眼、前後的青山更青翠，濃淡淡深淺不一的綠，全都洗滌一新，新鮮可人。走到稜線上，一聲「向左轉」—啊！好美的八里海岸，白色浪花如翻起的皓皓白雪，變化萬千。

踏著軍歌步伐，行進了三個小時後，我們終於抵達了目的地——觀音山凌雲禪寺，在千千大佛鄉不會師後，我家齊唱梅花、總統蔣公紀念歌，我受中華等雄壯浩氣的歌曲，接著大家就翻開午餐，有的班級還上了硬漢嶺，展望原地做大地遊戲，然後下午二時集合後，便往回程搭軍車返家，結束了這次的行軍檢討、講解。校長、主任、教官分別說明了行軍意義，犬家在風雨中前進，通過了大自然的考驗，建立了堅定信心和毅力，行軍讓我們更認識自我，肯定了自我！

關懷

原刊登於台灣新生報新生副刊 74.12.11（1985 年）

● 讀書

學生雖已高職二年級了，但我這導師仍然每天早晨七點半到教室，看看他們早讀。環視教室內外一圈，在走道間巡視一遍，瞧瞧他們看什麼功課？每個人神態氣色如何？有什麼人缺席沒？然後才坐下做我的事、看我的書。

讓他們在這二三十分鐘的早讀裡，靜下心來看點兒書，對一天來說，是頗有安定作用的。但我常常發現在他們年輕、稚氣又略帶倔強的共同表情下，有人是滿臉疲憊，像是一夜未曾睡好；有人兩眼惺忪，大約是剛剛從被窩鑽出來；還有人猛抄作業，急著加班趕工；有人則精力充沛，東探西找的不安於位。早讀時間能真正讀點兒書，做預習或溫習工作的，真是少之又少啊。

可是當期中考、期末考來臨時，早讀的情況就會是另一番景觀了──人人埋首書堆中，個個邊讀邊寫，頻頻劃重點、或默記暗誦，一副臨陣磨槍狀。對他們而言，讀書純粹是為考試呀！曾有人開玩笑說：「在台灣只有兩種人在讀書，一是老師，一是學生，老師為了混

口飯吃教教書，學生為了應付考試早日畢業，師生不得不一起讀書。」想來真是可悲，這笑話似乎還頗具真實性。

讀書原是件快樂的事，雖然不再有顏如玉、黃金屋的神話，但是讀書可以吸取前人的智慧與經驗，減少自我摸索與嘗試錯誤，可以獲得新知和技能，可以怡情養性，紓解鬱悶，……這麼多功能，都應當受到肯定的。讀書使我們感到充實與新奇，而考試只不過是鑑定知識能力的方法之一，或許考試的成就，會激勵我們更努力讀書沒錯，但讀書與考試之間，絕對不可以劃等號的！

學生時代讀書，可能多念一些別人指定的教科書，那些書或許不合個人興趣，可卻是實用的必備知識；就如人體所需的各種營養成份一般，也許不合個人口味，卻不得不攝取。為了維持身體健康，只好均衡地吃食各種食物；為了進入高階段的學府研究，我們只好勉力讀讀教科書了。為升學而讀書，似乎略含功利色彩，但卻是實情。可是學生時代讀書，如果能培養興趣，就能不以為苦了，就像不挑食的人，樣樣食物都可以入口，但他也有自己偏好的口味呢！學生讀書除了教科書之外，也能夠試試自己的嗜好，讀讀自己喜愛的書，這不也挺愉快的嗎？

畢業以後讀書，就可以海闊天空任君選擇了，那才是真正的「為讀書而讀書」。為了得到真讀書的樂趣，現在每天早讀花二三十分鐘，靜下心來讀讀教科書，這

也是划得來的。

● 處罰

班上的學生接連幾週都天天被教官集體處罰，因為生活競賽的整潔和秩序表現太差，在工科同年級十個班級裡，名次總是「八九不離十」，所以教官下了命令：每週一生活競賽成績公佈後，如果排名第五以後，就全搬罰跑操場，或到司令台上罰唱軍歌、答數，以加強班紀與振奮團隊精神。

有了處罰之後，整潔秩序似乎仍無多大起色，名次猶徘徊於後半段，學生的怨怒不平反增多了，週記上、談話間，不滿之情溢於言表。——為什麼少數人做不好，要全班受罰？連坐法有理嗎？每天中午罰跑步、唱軍歌，不能午休，下午的課精神不濟，全夢周公去了，處罰有理嗎？排名殿後被罰，稍有進步到第六了也被罰，沒有鼓勵只有處罰，合於人性嗎？

為了撫平他們滿心怨懟，我要他們先作一番自我檢討。如果我們每個同學都善盡本身職責，做好份內工作，認真打掃、服從領導、團結一致，那麼生活競賽豈有落後的道理？於是班上同學先以無記名方式找出全班「髒」與「亂」的根源，統計出誰是大家公認的病源禍首，接著運用輿論制裁和老師談話感召，希望內外夾攻以激發他們的責任感和榮譽心，好好為自己也為班上改變形象，洗刷前恥。

　　然後，我們共同探討處罰的目的、原則和可行方式。一般而言，為了強化團體的控制作用，對於犯錯的人實施懲罰，總是希望藉著嚇阻與儆戒作用，進而期望他改過自新。因此，處罰不是報復，不是「整人」，自古以來我們「揚善於公堂，規過於私室」，現今法律刑罰的目標也是「刑期無刑」，這些都是處罰的目的在改過遷善的明證。處罰的目的既在使對方不再犯過，自然要以愛心、耐心和信心來善待犯錯者，對事不對人，處罰其不當行為，而不可惡意辱沒其人格。把犯錯的人當「人」看，不是牛馬豬狗可任意辱罵蹂躪，那麼他將來才可能有信心重新學作好人。所以處罰時，也要兼顧鼓勵。

　　至於處罰的方式應合理、合法，針對錯誤行為做有效、有益、必需的處罰，才能確實達到改善的目的。整潔工作績效差，就罰大掃除吧！秩序不好，就來靜坐吧！何必罰跑操場、罰唱軍歌呢？尤其在大太陽下犧牲午休。

　　最後，我們對教官的處罰做了幾點建議：改以絕對標準來衡量是否有進步？是否該受罰？例如整潔秩序該達八十分或七十五分，否則該罰，而不是與其他班級相較落後者就被處罰，那種相對標準缺乏鼓勵性。其次處罰時該改用有效方式，不要影響同學正常作息、剝奪午休、影響上課，利用班會時間大掃除，或許更能加強團結，而且有成就感呢！不知教官同意否？

● 關懷

教師節那一陣子，好多老師的辦公桌上、玻璃墊下都出現了繽紛的各式卡片，令人心中充滿暖暖愛意。我任教的班級學生也送了卡片和玫瑰花，教人既高興又生怕他們破費。同事們閒聊發現，商科女同學心思細密、禮數多，而工科男生則較吝於表達，有的連全班合送一張卡片也捨不得呢！還有人在週記裡詰問：每位任課老師都要送一張卡片，有必要嗎？老師們真會保存下來嗎？看了不禁令人感慨，今日學生似乎現實多了。

記得在工科一年某班，上完韓愈〈師說〉之後，我曾告訴同學：「聞道有先後，術業有專攻，老師只是那個先聞道、對某一學科有專門研習的人罷了！他的職責是為同學傳道、授業、解惑，所以做老師的要時時自我反省，是否有虧職守？而做學生的，也該瞭解老師的苦心，認真學習，並懂得感謝。」不意「感謝」二字剛出口，底下馬上回應一聲：「老師，不要暗示了！」那場面令人既汗顏又心涼，慚愧的是何以學生會認為老師在暗示什麼，老師是否該檢討了？心冷的則是何以他們如此功利？難道真吝於付出一點兒關懷與感謝嗎？

前人曾說：「同舟共渡，要修五百年。」師生關係豈止於五百年修來的共渡之緣？在茫茫人海中，從不同家庭、不同背景，來到同一教室裡，台上台下共同研究一門學問，共同度過人生最珍貴的一段時光，這緣份難道不值得珍惜？既是有緣成師生，就該相互關懷，老師

關心學生是職責，學生關心老師則是一種感謝與回報。俗話說：「秀才人情半張紙」，一張卡片對老師卻是無比珍貴的，哪有不保存的道理？同學莫擔心老師不重視那一紙卡片啊。

施比受更有福，施也比受「更富有」。更「富有」，因為能付出、能施與，就表示你並非「一無所有」啊！何不做一個快樂的施與者？付出關懷，常懷感謝心的人，必懂得惜福，也常會有意想不到的回收呢！

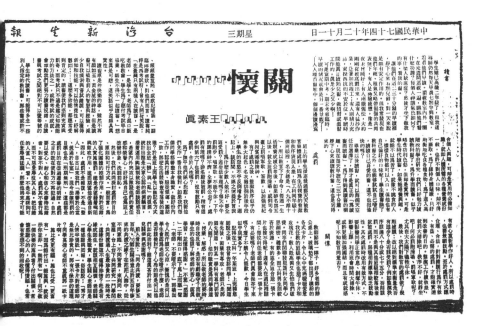

關懷，台灣新生報副刊剪報。（1985.12.11）

阿福的獨白：我想上益智班

原刊登於大華晚報副刊 75.08.23（1986 年）

放暑假，不能到學校去上課，真沒趣味，昨天早上我告訴阿母，我想要天天上學校。阿母罵我：「說你憨，真是有夠憨。去上那個益智班，天天和一些呆呆的人在一起，本來不憨也變憨了。以後不要再說要上學校的事，明天阿母去替你辦手續，唸好班，才不會讓人笑。」

聽了阿母的話，我很想說些什麼，可是又不知道該從哪裡說起，算了吧！就靜靜的聽阿母說話好了，老師說過，不頂撞父母、不惹父母生氣，也是孝順的一種，我是孝順的孩子。

大熱天，在家裡餵雞鴨、剁豬菜，還算涼快。我就是喜歡養雞鴨和種菜。看母雞孵小雞，只要過了二十一天，小雞就出來了。毛茸茸的淡黃色的毛，好可愛。每天餵雞的時候，我就學母雞「咯咯咯」叫，把雞群喊來吃飼料和飯，這是我最高興的事，看雞群吃飯。可是每天剁豬菜的時候，我都想起學校，我們教室後面班上種的絲瓜，不知道又結了多少新絲瓜出來？老師會不會去摘下免得太老不能吃？唉，我真想天天去學校上課，又怕阿母說我憨。

昨天晚上阿爸從工地回來，阿母就跟他說不要讓我再唸益智班的事。阿母說：「益智班都是一些憨孩子，畢業了都沒學到東西，怎麼行？阿福平日那麼乖、又勤快，哪裡憨？不能讓他唸益智班了。趁現在才唸國一，趕快把他轉到好班吧！明天一早我就去學校找老師。」阿爸很大聲的說：「找老師，找老師做什麼？去年老師就來家裡訪問過，人家讓我們阿福讀益智班，是為我們好，你知不知道？」後來阿母不知道又說什麼，我愛睏就沒注意聽了。

　　阿爸說讀益智班是為我們好，這是真的，老師對我們班真是太好了。放暑假前幾天，好熱，我們下課玩得一身是汗，好多人的衣服有土又有汗，老師來了就說：「走！走！走！大家來洗洗。」張老師把我們男生帶到洗手台去，洗頭、洗臉、又洗上身，然後把上衣晾到絲瓜棚曬乾。女生也被張老師帶去廁所沖洗，出來後大家都變得乾乾淨淨，真舒服。晾白上衣的絲瓜棚，是林老師教我們做的。這學期我們把教室教室後面那塊地翻鬆，種了白菜和絲瓜，搭了絲瓜棚，還可以晾晾上衣真不錯！但是我擔心阿母如果不准我唸益智班，我就不能再種絲瓜和白菜了。

　　今天早上我和阿母一起餵豬的時候，告訴阿母：「在學校上課，我們有課本、有上課，還有學種菜。」阿母只說：「到好班會學更多東西！」就沒再說下去了。我本來想再說：我們也有英語、數學、健康教

育……，上課很有趣，我學了好多東西，益智班沒什麼不好的。可是阿母沒說話，我就沒說出來了。後來，阿母真的換了衣服，要到我的學校去了，不知道她會跟老師說什麼，希望老師能讓阿母答應給我讀下去。

記得有一次，一個女人抱了個娃娃來找老師說話，老師好高興。上課的時候，老師告訴我們，那個女人是她以前的學生，也是我們益智班畢業的。本來那個女人的媽媽不准她唸益智班，後來老師勸她媽媽成功了，終於讓她唸到畢業，現在她嫁人了，那個娃娃是她生的。婚後那個女人在鎮上開店，賣豆漿早點，生意很好。如果阿母到學校去，老師也能說動阿母讓我唸畢業，將來我結婚了，一定也要回去找老師。

快中午的時候，阿母才回到家，然後就去廚房炒菜了。我看阿母臉上沒有不高興生氣的樣子，可是也沒有什麼笑容，我不敢去問結果怎樣？直到吃飯的時候，阿母才問我：「學校去年給你考試分班，真的考三遍嗎？」我想了想，那是好久的事了，「對，頭一次大家一起做的，叫什麼團體智力測驗。後來兩次都是個別做的，自己一個人和老師一起做，好久才做好的。我記得叫什麼量表的，考試我不喜歡。」阿母聽了之後，竟然眼眶紅紅的，嘆口氣說：「那就讓你讀益智班吧！好歹學些東西，以後才不會成廢人。別人若笑我們憨，你就忍耐點，知道否？」我點點頭，心裡又高興又難過的。高興的是阿母也被老師說服了，我可以再讀益智班；難

過的是阿母好像不太喜歡我上益智班，心情不太好。我記得老師說過：我們要做個有用的人，不管是農夫、工人、做生意、教書的……，只要能幫助別人的工作，就是服務社會了。唸益智班，我絕對不會做廢人，也不是沒有用的白癡，阿母，你不要難過，阿福一定會做個有用的人！

大華晚報　　中華民國七十五年八月二十三日

■王素真　　阿福的獨白

我想上益智班

阿福的獨白，大華晚報副刊剪報。（1986.8.23）

警民合作，及時送暖助幼雛

澎湖員警熱心助民　王素真老師表謝忱 / 警光雜誌・第 363 期

75.10.01（1986 年）

　　由澎湖移居三重市的黃○燕同學一家六口，不幸父母相繼亡故，留下四名孤雛，生活失去依靠，陷入困境。黃同學的老師王素真除給予接濟外，特函請澎湖警察局查詢黃同學的澎湖親屬。這時恰是韋恩颱風侵襲造成澎湖歷來最為慘重的災情，警察人員在全力搶救災害以及處理善後等各項繁忙的工作之餘，並未耽擱王老師的請求，且能很快把內情曲折的黃氏關係追查清楚，迅速回信，因而圓滿解決了黃同學的困難。王老師對澎湖員警的熱忱服務非常感激，乃致函警務處林兼處長，處長閱後認係積極推行為民服務的具體表現，將原函批交本刊發表，以示對澎湖員警的嘉勉，亦供各同仁參考。

──編者──

※　　　　　※　　　　　※

林處長鈞鑑：

　　我是省立三重商工的老師王素真，近日裡為了我班上一位同學的困境，而去信給澎湖縣警察局局長，我和他素昧平生，他接信後熱心助民，立刻交馬公分局辦理，一週內即有回音，如今事情已圓滿解決。我深深受

學校、家庭與社會三合一，齊力扶助孩子邁向光明前程。

澎湖縣警局（陳局長吧？）愛民護民，協助百姓不遺餘
力的熱忱所感動，　鈞長有此部屬，可喜可賀，因此特
寫信報告　鈞長，申表對警察同仁的謝忱。

　　　　　　※　　　　　　※　　　　　　※

事情發生的經過是這樣的：

　　我在三重商工補校商三丙的學生黃○燕，母親於
六十八年去世，父親復於七十二年病故，父母雙亡留下
四孤雛，○燕今年高三，大弟國二，小妹國小五年級，
小弟三年級，幾年來○燕依靠一未婚的叔叔（四十八年
次），半工半讀，勉強過日。但是從過年以來，叔叔生
意失敗，就業不成，已大半年未拿生活費給他們生活，

○燕工讀僅五千多薪水,如何支付一家所需?暑假裡,她心力交瘁,實在難以支撐,告知導師我,本人先資助一萬元給她濟急,並設法為她尋找可能的解困途徑。

父系親人無人可援助他們姊弟,她又不忍與弟妹分離入孤兒院,因此,我便代她尋找失散多年未曾聯繫的外公,僅知外公曾任澎湖醫院院長,為一婦產科醫師。我於是在八月二十三日去函澎湖縣警局,請代為協尋,局長立刻交馬公分局辦理,八月二十九日本人即接獲馬公分局來函,說明其外公不幸於六月去世,澎湖有黃生阿姨,馬公分局文局長並詳列其外公一家戶籍資料,希望我們善謀對策。八月二十九日,我同時又接獲澎湖縣警察局局長先生朋友的電話,原來局長已聯絡他在三重的熱心善士來援助黃同學。當夜,三重三和旅社的趙忠義、王貞民二先生來舍下,立刻送上六萬元,以每月一萬元生活費援助黃○燕姊弟,先付半年,本人已代為存入學校郵局,按月提撥一萬元給黃生。而澎湖方面,黃生的阿姨雖未能在經濟上支援他們,但血脈之親已尋著,亦是可慰之事。如今已開學,黃生四姊弟生活已無顧慮,不再憂戚,能順利圓滿解決其生計困難,幾乎無法生存的難題,澎湖縣警察局的局長先生迅速、熱心的協尋,又通知善心人士伸出援手,實在功不可沒!相較之下,本人在學生困境裡一萬元濟急,代為寫信奔走等,實在就微不足道了!

八月底正逢韋恩颱風肆虐,局長先生並未耽擱百姓疾苦的解決,在颱風災情嚴重、善後瑣事繁忙之餘,能

警民合作，及時送暖助幼雛

澎湖員警熱心助民 王素真老師表謝忱

由澎湖移居三重市的黃貞燕同學一家六口，不幸父母相繼亡故，遺下四名孤雛，生活失去依靠，陷入困境，黃同學的老師王素真除給予接濟外，特函請澎湖警察局查詢黃同學的澎湖親屬。這時恰是韋恩颱風侵襲造成澎湖歷來最為慘重的災情，警察人員在全力搶救受害以及處理善後等各項繁忙的工作之餘，並未就擱王老師的

請求，且能很快把內情曲折的黃氏關係追查清楚，迅速回信，因而圓滿解決了黃同學的困難。王老師對澎湖員警的熱心服務非常感激，乃致函警務處林兼處長、處長閱後認係積極推行為民服務的具體表現，特原函批交本刊登表，以示對澎湖員警的嘉勉，亦供各位同仁之參考。

——編者——

林處長鈞鑒：

我是省立三重商工的老師王素貞，近日裡為了我班上一位同學的困境，而去信給澎湖縣警察局局長，我和他素昧平生，他接信後熱心助民，立刻交馬公分局辦理，一週內即有回音，如今事情已圓滿解決。我深深受澎湖縣警局（陳局長吧？）愛民護民，協助百姓不遺餘力的熱忱所感動，鈞長有此胸懷，可喜可賀，因此特寫信報告，鈞長，申表對警察同仁的謝忱。

事情發生的經過是這樣的：

我在三重商工補校商三丙的學生黃貞燕，母親於六十八年去世，父親復於七十二年病故，父母雙亡留下四孤雛，貞燕今年高三，大弟國二，小妹國小五年級，小弟三年級，幾年來貞燕依靠一未婚的叔叔

（四十八年次），半工半讀，勉強過日。但是從過年以來叔叔生意失敗，就業不成，已大半年末拿生活費給他們生活，貞燕工讀僅五千多錢水，如何支付一家所需？暑假裡，她心力交瘁，實在難以支撐，告知舅師找，本人先支助一萬元給她濟急，並設法去為她尋找可能的解困途徑。

父系親人無一可援助他們姊弟，她之年近代她尋找失散多年末曾謀面的外公，僅知外公曾任澎湖縣醫院長，我於是在八月二十三日函澎湖縣警局，代為協尋，局長立即交馬公分局辦理，八月二十九日本人即接獲馬公分局來函，說明其外公已不幸於六月去世，澎湖有黃生阿姨，馬公分局文

分局長並詳列其外公一家戶籍資料。希望我們善謀對策。八月二十九日同時又接獲澎湖縣警局局長先生朋友的電話，原來局長已聯絡他在三重的熱心學生趙恩義、王貞民，當夜，三重三和旅社的趙恩義、王貞民？能交遊囑下，馬公分局長文國忠先生也迅速確實辦理，我和學生們都銘感五內，感激萬分。每月一萬元生活費援助黃貞燕姊弟，先付半年，本人已代為存入學校郵局，按月寄付一萬元給黃生。而澎湖方面，黃生阿姨雖未能在經濟上支援他們，但血脈之親已尋著，亦是可慰之事。如今已開學，黃生四姊妹生活已無顧慮，不再憂戚，能順利圓滿解決其生計困難，幾乎無法生存的難題，澎湖縣警局的局長先生迅速、熱心的協尋，通知善心人士，實在功不可沒！相較之下，本人在學生困境裡一萬元濟急，代

為寫信奔走等，實在就微不足道了！

八月底正逢韋恩颱風肆虐，在颱風災情嚴重、善後諸事繁忙之餘，能不耽擱百姓疾苦解決，局長先生並不耽擱百姓疾苦解決，馬公分局長文國忠先生也迅速確實辦理。

希望有機會或適當時機，鈞長能表揚澎湖警局局長先生及馬公分局文局長、趙忠義二先生（他們住三重三和路二段）善心的捐助人王貞民、趙忠義二先生。

謹此，敬祝
勛安

王素真敬上
75・9・6

警民合作及時送暖助幼雛，警光雜誌剪報。（1986.10.1）

立即交辦屬下，馬公分局文國忠先生也迅速確實辦理，我和學生對此都銘感五內，感激萬分。　鈞長您在得知此事之後，必定十分欣慰，希望有機會或適當時機，鈞長能表揚澎湖縣警察局局長先生及馬公分局長文分局長，還有熱心的捐助人王貞民、趙忠義二先生，他們住三重三和路二段。

　　謹此，敬祝

勛安

王素真 敬上　民國 75 年 9 月 6 日

師生的窗口對話

原刊登於中央日報中央副刊 75.08.02（1986 年）

當學生寫週記，我們都是過來人。很多人把寫週記當做件苦差事，週週為它苦思不得，咬著筆桿望著天花板，最後匆匆敷衍了事。但是，也有人以寫週記為樂事；在週記上海闊天空暢所欲言，把歡樂與憂愁一股腦兒記下，作成學生生活的一部小檔案。

當老師的我，則視週記為「一扇窗」；透過它，我看到了學生在青澀歲月裡的成長軌跡與歡笑悲愁。有時候，學生在「窗外」玩過頭了，我從「窗口」向他招招手，要他靜思收心。有時學生在「窗內」枯坐瞑思陷入困境，我也從「窗口」把他喊出來，看看藍天白雲，讓清新的空氣沖去心中的鬱結。

　　　　※　　　　　　　※　　　　　　　※

對話之一：父女之間（一個羞澀女生與老師的週記對話）

爸爸前些天問我，為什麼最近老躲著他？難道女孩子長大了，父女關係就越淡漠了不成？

我實在百口莫辯，心中有話，卻不知向誰說好。那天夜裡，父親應酬回來，我和弟妹都很高興地去開門；

可是，我睡衣胸前釦子掉了一顆，手一直抓著胸口不放，一聞到父親身上的酒味，自覺不妥，就趕緊回房去了。為此父親隔天特地到房裡來問我，其實我哪有躲著他？失去了母親，我更珍惜父愛，哪有可能躲著他？只是如此小事，有口難言，真懊惱！

由於少了釦子，覺得不雅而提早回房，你真是個心思細膩的孩子！但父親也同樣感覺敏銳，立即察覺你的異樣。所以，雖然失去了母親，但你還是幸福的，因為你擁有時時關心你的好父親。

老師認為最好的消除懊惱方法就是：把它說出來。撒嬌地直接告訴父親：「人家那天胸前掉了顆釦子嘛！」相信父親一定會釋懷大笑的。說出來吧！親子之間，有什麼不能開口的？

※　　　　　※　　　　　※

對話之二：魚與熊掌（一個活潑大男孩的週記對話）

很久以來，我一直想買一套好一點的音響，無奈零用錢存得太慢，也沒法子可想。這個月和幾個同學下課後到工廠打工，昨天領了三千多元薪水，這是憑自己勞力換來的代價，雖不很多，卻也夠開心了。一學期後，我的願望就可實現了。

唯一遺憾的是：由於睡眠不足，某些課會夢周公，再加上沒多少時間看書，期中考退步了一些。但是，魚

與熊掌難得兼，只好暫時犧牲其一；只要錢存夠了，我一定把功課補回來，絕不再打工去。

我在省立三重商工職校工科的學生，青春活潑有主見。

　　願意自食其力，打工存錢買音響，確實難能可貴。但是，天天夜裡去打工，白天上課沒精神，錢是賺到了，功課卻沒學好，這似乎本末倒置、不太划算。職校課業負擔是不重，但也得專心學習、花下功夫，才能得到一技之長，豈能輕易犧牲掉？

　　我們常說：「物質生活要簡單，精神生活要豐富。」存錢買音響是提昇精神生活的好事，但卻不必急於一時，眼前暫時買不起音響，也還是可以安排充實的精神生活的，不是嗎？如果等到暑假再去打工，豈不兩全其美？

※　　　　　　　※　　　　　　　※

對話之三：霧裡輕愁（一個失意男孩的週記對答）

一張紙能寫多少字？

一支菸能點幾分鐘？

煙霧吹不散我的輕愁，

紙張訴不盡我的情意。

這幾週來，我被折騰得真夠慘，卻又不願罷休。唉！戀愛之所以令人癡迷，大約就是如此吧？

有個商科的學妹，她有雙會說話的眼睛，好可愛。每天上下學都會在公車站遇到她；如果一天沒見到她，我就悵然若失，一日無精打采。這幾星期我試著寫信給她，結果都石沉大海，令我心急，只好回家悶在房裡「藉菸解愁」了。

生命中若有愛情滋潤，將更光輝燦爛，你能夠勇於表達自己的情感，真好。我想：即使是沒有結果的獨自惆悵，這段時日的心路歷程，將來也必是一段美好的回憶啊！若是遭到拒絕，也可由失敗的經驗裡，藉機自我檢討，調整步伐，未嘗不是好事。

你正年少，大可參加社團活動、郊遊等，多結交新朋友，既可拓展生活領域，又能在團體中增進彼此認識和瞭解，何樂而不為呢？至於這一段純純的戀情，就聽其自然，一切「隨緣」吧！

還有，要注意：吸菸不僅無法消愁，更有害健康，切勿「藉菸解愁」。

對話之四：晴雨之間（一個煩心女生的週記對話）

這個星期連日陰雨，潮濕得教人心裡都要發霉了。上學常被潑得一身雨水斑斑，騎單車也兜了一裙子濕淋淋，諸多的不順遂，真煩人哪！想起〈岳陽樓記〉中，范仲淹的「不以物喜，不以己悲」，還有老師提及某兒童文學作家的「不論晴雨都是好天氣」，那種胸懷實在不容易達到啊！我好想趕快度過高職這段晦暗日子，好想能趕快賺一大筆錢，改善家庭環境，好想……好想……，我有好多夢想，想要突破、改變，尤其是在這連綿的陰雨天。

人人都有情緒低潮時，尤其在這「霪雨霏霏」的日子，更容易有「滿目蕭然，感極而悲」的反應。

記得許水德市長有次演講提到他的「水車哲學」：生活中有理想，也有現實，就像水車一樣，一半在空中、一半在水中，才能運轉送水。人生不如意，十常八九，現實生活中常會遇到挫折，不能達到理想；但是「知足常樂」，樂觀進取的人會更充實快樂。

不要心急，「凡事由小而大，是有趣的。」在《反敗為勝》書中，艾科卡的父親說：「只要你有目標，而且願意努力，你就可以成功。」你也一樣，時間會給你

最公正的答案的。不要心煩，放寬胸懷，多去看看雨天才有的景致吧！

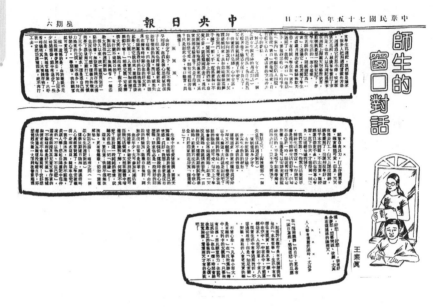

師生的窗口對話，中央日報副刊剪報。（1986.8.2）

我的女兒阿寶

原刊登於婦女雜誌婦女隨筆 77.10.1（1988 年）

　　阿寶滿六足歲了，因為是九月份出生的，只好以「不足齡學童」的身份，吊火車尾一般趕上了一年級。她生性活潑豪放，處事明快果決。幼稚園老師說她：「畫圖用色大膽、灑脫不羈。」爸爸說她：「大而化之，像個小男生似的。」做媽媽的我卻私心底認為她：「心性淳厚善良，是個乖寶寶呢！」不信你看：

　　阿寶的學校離家有一千公尺左右，要過兩個十字路，其中之一的紅綠燈常壞，安全堪慮，因此我天天送她過十字路，再目送她隨著同伴們進校門。放學時也一樣，到校門口去接她，以策安全。

　　有一天，老師們要開防護團研習會，小朋友提早放學，她事先忘記提起，因此我沒去接她。老師給她一元銅幣打電話，錢卻被故障的電話吃掉了。

　　結果，她便鼓起勇氣，自己出校門、過馬路，數著電線桿，看著路邊小店的陳列，繞過水溝上午睡的貓咪，一路走了回家。一千公尺路花了二十多分鐘，到樓下，她好興奮完成此一壯舉，趕緊向樓下阿姨炫耀一番，然後按對講機：

　　「媽媽，我回來了！」

「咦，你怎麼這時候回來了呢？」

「嘛啊！」對講機竟傳來阿寶的嚎啕聲，我趕緊下樓接她，只見一個淚人兒站在跟前。我問她：

「為什麼哭呢？不是很高興第一次自己回家嗎？」

「因為我怕媽媽擔心嘛！」

寶貝女兒啊！媽媽的確是為你擔心，可是看到你有勇氣自己想辦法走回來，媽媽更欣慰你已慢慢長大了啊！傻女兒，竟為了怕媽媽擔心而掉眼淚哪。

阿寶的學校一、二年級實施兩部制教學，只上半天課，所以開學以來，她從未帶過飯盒上學。有一天，為了補課，阿寶的家庭聯絡簿裡寫著「上全天課，要帶飯盒」。於是她便十分熱心地張羅飯盒、手提袋，興致盎然地期待「在學校裡吃飯盒」的滋味。

那天中午我提早做飯，炒了阿寶愛吃的蝦仁炒飯，配上菠菜和叉燒肉，裝成一飯盒，以舊報紙包好，再加上一個剝好的橘子，塞進手提袋內。十二點正到達教室門口，看到不少媽媽早已來到，老師也正把蒸熱的飯盒發給小朋友，阿寶高興地來拿她的午餐。

小朋友們按照老師的指導：洗手、坐下、鋪好舊報紙、打開飯盒、開動。看到小朋友們個個津津有味地進餐，阿寶也一匙一匙直往嘴裡送，我便回家了。

下午放學後，我看阿寶的飯盒乾乾淨淨，想來滋味是不錯的，尤其從未有過的新鮮經驗，必定有助於增進

食慾。阿寶告訴我：「老師說，飯盒裡有媽媽的愛，每個小朋友都要把飯菜吃光光。」稍頓一下，她又問：

「媽媽，你替我送飯，就表示你愛我，對不對？」

「是呀！老師不是說了嗎？飯盒裡有媽媽的愛。」

「可是有些小朋友的媽媽都不愛他們，不給他們送飯去，只讓他們自己帶飯盒去蒸呢！」

女兒啊！每個小朋友的媽媽職業不同，有的在家忙家事，有的外出工作上班，並不一定都有空送飯盒到學校去。但是，對於兒女，卻是走遍天下，一樣的母親，一樣的心，你懂嗎？誰不愛自己的兒女？哪一個孩子的飯盒裡沒有媽媽的愛呢？

阿寶在課餘喜歡和三歲的妹妹小皮一起聽故事，有個故事說：

熊媽媽決定第二天帶三隻小熊去遠足。她要小熊早點睡覺，可是老大貪看電視、老二愛踢毽子、老三愛打電動玩具，三隻小熊都弄得很晚才睡。第二天一早，熊媽媽帶三隻小熊出門了，要過河到對面的山上去採蜂蜜，那是小熊最愛吃的。

結果，走在橋上的時候，老大看電視太久，眼睛昏花，老二因踢毽子而腳麻，老三打電動玩具太多，手很痠，三隻小熊不小心都掉到河裡去了。熊媽媽趕緊跳進河裡救起小熊說：「衣服都濕透了，這下子遠足也泡湯了。你們以後要聽話，早點睡覺啊！」

小皮聽完便問：「小熊的爸爸去哪裡了？」阿寶立刻接口：「熊爸爸也是軍人啊！跟我們的爸爸一樣不在家，媽媽陪我們啊！」

　　好個「熊爸爸也是軍人」，你說阿寶女兒不是心性淳厚善良、善體人意的乖寶寶嗎？她一點兒也不大而化之呢！我們的爸爸是軍人，經常不在家，熊爸爸沒有一道去遠足、救小熊，也是因為熊爸爸當軍人，熊媽媽比較辛苦哪。

媽媽與 2 歲半的大寶在圓山動物園，已懷小皮。（1982.4）

婦女雜誌 77.10.1

我的女兒阿寶

臺北市 王素貞

阿寶滿六足歲了，因爲是九月份出生的，只好以「不足齡學童」的身分，吊火車尾一般趕上了一年級。她生性活潑奔放，幼稚園老師說她：「畫圖用色大膽、灑脫不羈。」爸爸說她：「大而化之，像個小男生似的。」卻私心認爲她：「心性淳厚善良，是個乖寶寶呢！」不信你看：

有一天，老師們要開防護團研習會，小朋友提早放學，她事先忘記提起電話，因此我到校門口去接她，以策安全。

結果，數著電線桿，看著路邊的陳列馬路，繞過水溝上午睡的貓眯，一路走了回家。一千公尺路花了二十多分鐘，到樓下，她好興奮完成此一壯舉，趕緊向樓上阿嬸炫耀一番，然後按對講機：

「媽媽，我回來了！」

「唉，你怎麼這時候回來了呢？」

「ㄇㄚ！」對講機竟傳來阿寶的嗚聲。

她趕緊下樓接她，只見一個淚人兒站在跟前。我問她：

「爲什麼哭呢？不是很高興第一次自己回家嗎？」

「因爲我怕媽媽擔心嘛！」

寶貝只怕我擔心，因爲我想辦法走回來，可是看到你有別的氣自己想辦法走回來，卻爲了怕媽媽擔心而掉眼淚哪！

阿寶的學校一、二年級實施兩部制教學，她上半天課，所以開學以來，我從未帶過飯盒上學。有一天，爲了補課，阿寶的學校聯絡簿上寫：「上全天課，要帶飯盒、手提袋。」於是她便十分熱心地張羅飯盒、手提袋，興致盎然地期待「在學校裏吃飯盒」的滋味。

那天中午我提早做飯，炒了阿寶愛吃的蝦仁炒飯，配上菠菜和叉燒肉，裝成一飯盒，以舊報紙包好，再加一個剛好的橘子，塞進書袋裏。十二點正到達教室門口，看到不少媽媽早已來到，老師也正把蒸熱的飯盒發給小朋友，阿寶高興地來拿她的午餐。

小朋友們按照老師的指導：洗手、坐下、鋪好舊報紙、打開飯盒、開動。看到小朋友個個津津有味地進餐，阿寶也一點一點直往嘴裏裝，想來滋味是不錯的，尤其從未有過的新鮮經驗，必定有助於增進食欲。阿寶告訴我：「老師說，飯盒裏有媽媽的愛，每個小朋友都要把飯菜吃光光。」

她又問：

「媽媽，你替我送飯，就表示你愛我，對不對？」

「是呀！老師不是說了嗎？飯盒裏有媽媽的愛。」

「可是有些小朋友的媽媽都不愛他們，不給他們送飯去，只讓他們自己帶飯盒去蒸呢！」

「傻女兒啊！每個小朋友的媽媽都職業不同，有的在家忙家事，有的出外工作上班，並不一定都有空送飯盒到學校去。但是，愛兒的心，卻是走遍天下，一樣的母親，一個孩子的飯盒裏有沒有媽媽的愛呢？」

阿寶在看飯盒的同時，也正在聽故事，有個故事說：

熊媽媽決定第二天帶三隻小熊去遠足。她要小熊早點睡覺，可是老大貪看電視，老二因翻筋斗而跌跤，老小心愛打電動玩具，三隻小熊弄得很晚才睡，第二天一早，熊媽媽帶三隻小熊出門了，要過河到對面的山上去採蜜蜂，那是小熊最愛吃的。走著走著的時候，老大看電視太久，眼睛昏花，走在橋上的時候，老小心都掉到河裏去那裏了……「小熊的爸爸去那裏了？」阿寶立刻接口：「小熊的爸爸是軍人啊！爸爸是軍人啊！我們的爸爸也是軍人嗎？」阿寶聽完便問：

「熊爸爸也是軍人」

好個「熊爸爸也是軍人」，我說阿寶女兒不是心性淳厚善良、善體人意的乖寶寶嗎？她一點也不大而化之呢！我們的爸爸是軍人，經常不在家，熊爸爸沒有一道去遠足、教小熊，也是因爲熊爸爸當軍人，熊媽媽比較辛苦哪。

我的女兒阿寶，婦女雜誌婦女隨筆剪報。（1988.10.1）

愛的呼喚

原刊登於中央日報中央副刊 74.3.29（1985 年）

　　前些天，一對學生家長來到訓導處，為他們的女兒辦理學生平安保險，並感謝學校師生的同伸援手，也訴說了他們在一場生死掙扎後的欣慰。

　　去年二月初正放寒假時，商科三年級一位女同學，為了幫助家計早晨送報，被一輛計程車由後面撞上，腳踏車支離破碎，扭曲變形，人也重傷、骨折、昏迷了。於是學校師生發起了募捐，為家境清寒、孝親懂事的黃同學籌措醫藥費用，甚至還有遠在金門服役的校友，也匯款回來幫助黃同學呢！真是令人感佩。

大寶小皮與小多，年齡有差距手足情深無距離。（1998）

　　陸陸續續有老師、同學去探望，傳來的消息是：她還在加護病房裡，她還是昏迷不醒，她沒有啥反應……。然後聽說：她父親喊她時，會掙扎著想張開眼睛，可是仍無大進步。接著同屆同學畢業了，消息逐漸減少，大家雖是關心如故，卻不敢抱太大奢望了。

　　如今親自耳聞她父母說：「孩子清醒了！」這一年來的艱辛奮鬥歷程，聽來教人既高興又敬佩。多少次鄰人好心勸說：「不要抱太大希望，醫好了恐怕又是王曉民第二。」他們卻始終不放棄，堅定如一，每天定時服藥、復健、翻身、擦澡、呼喚著她的名字，終於孩子醒過來了！而且已經會說簡單的句子、會看書認字，只是還不能下床。孩子的媽媽得意地說：「她身上可是一點點小褥瘡也沒有哦！」爸爸也加上一句：「現在有五十公斤體重，比在校時還胖一點呢！」

　　啊！真好，看了這對家長滿足欣慰的笑容，我知道他們的孩子真的是救回來了，是醫師妙手回春救醒的，更是他們以數不清的辛勞、和無比堅定的骨肉摯愛給呼喚回來的。難怪他們驕傲、滿足啊！天下有誰比父母更偉大呢？

　　我和我的家人在兩年半前，也曾在生死邊緣奮力搏鬥，把大女兒小慈救了回來，至今想起仍是餘悸猶存，除了感謝上蒼恩賜厚愛之外，我深深瞭解孩子的父母應該感到驕傲的。

　　兩年半前，七十一年十月，我住院生老二，剛滿三

愛的呼喚

王素眞

74.3.29 中央副刊

愛的呼喚，中央日報副刊剪報。（1985.3.29）

足歲的老大就託母親看顧。生產的第四天傍晚，母親去接電話，小慈卻從二樓陽台欄杆上翻落，直摔到街心！當時母親急得來不及穿鞋，赤足飛奔下樓，抱起孩子直奔醫院。我得知消息後，嚎啕大哭，匆匆辦好嬰兒寄養手續，立刻出院，此後十天真是一場沒齒難忘的生命戰役。

還記得一到急診室，立刻收到一張「病危通知」，檢查完畢住進加護病房，又是一張「病危通知」，有如戰場上的前線戰況，催得我心急口乾，欲哭已無淚。孩子的腦殼破裂，顱內有兩處出血約十西西，左手腕關節移位，主治大夫說，要觀察顱內是否繼續出血，若是，他只好拚了！至於「拚了」的結果，有幾分把握，他不敢說。我和遠從高雄軍中趕回的丈夫，兩個人在加護病房外，等待著，祈禱著，希望小慈平安出來。加護病房以對講機呼叫病患家屬，稱病患也都用號碼代替，我們在長廊外，繃緊的神經有如拉滿的弓弦，隨時可能因刺激而潰散。幸運的是我們只給喊了一次，打點滴的藥劑用罄，得再新購送入。第三天孩子情況穩定，終於移到普通病房，再過一週就正常出院，一個月後再回診，證實一切已無大礙，實是天大恩賜。

曾經在生死邊緣奮力掙扎過後，更能體認到生命可貴，我也瞭解到愛的力量最偉大──醫護人員以愛救回了我們的小慈。母親以堅毅貞定的愛照顧我，我和丈夫又以源源無盡頭的愛，來保護我們的孩子。黃同學的父母更以愛喚醒了他們的愛女。愛就如同汩汩的小河，靜

靜的滋潤我們的心靈，有時又像是沛然巨流，流注了每一寸土地、每一個蒼生身上。我們誰不是人子？誰不被愛關照呢？感謝蒼天，給了我們「愛」。

寶皮多三姊弟長大後感情更是好。（2015.12）

母子同樂

母子同樂／原刊登於大華晚報副刊 74.03.26（1985 年）

　　身為兩個孩子的母親，白天又要教書上課，生活的緊張忙碌是可預知的，因此在家的時間除了整理家務之外，我總是儘量用來陪孩子，尤其睡覺前那段時間，更是我們母女之間的甜蜜時刻。

● 拔河

　　我經常和小朋友玩一些睡前遊戲，寬敞的大通舖上，有五歲的阿寶和兩歲的小皮，厚厚軟軟的被褥上，怎麼翻滾、跳躍，總較安全些。

　　把爸爸晨袍的寬腰帶拿來，我們來個「拔河大賽」。阿寶和小皮一國，用力拉呀拉，阿寶會口手並用，既拉又咬，十分賣力；小皮則忽前忽後，一會兒抱住姊姊的腰，一會兒又跑出來觀戰，像個游擊兵似的。拔呀拔的，常常在笑聲中大家都用盡了力氣，但小朋友永遠是贏家。

● 水滴掛樹上

　　小皮有本小書上說：小水滴天天幫花草樹葉洗澡。有一天，發現魚兒在髒兮兮的池塘裡生病了，趕緊把魚

兒拖上岸洗刷乾淨，放進清水裡；又請太陽公公曬乾一池髒水，再洗淨池塘，放回魚兒，然後快樂的小水滴就忙得累呼呼的睡著了——掛在樹葉上睡著了。

　　阿寶問：「睡覺怎麼用掛的呢？」於是我們來個實驗：媽媽是大樹，身體是樹幹，雙手成枝椏，女兒就是大小水滴了。大水滴阿寶攀住媽媽脖子，水滴掛在樹上了，好久好久，水滴累了，就順著樹幹滑下來。然後小皮這小水滴也上了「媽媽樹」，像八爪章魚似的緊緊掛在樹上，小皮的兩條小胖腿，圈住媽媽的腰，小水滴聰明得很，掉不下來的！

大寶與小皮假日在媽媽學校校園嬉戲樂陶陶。（1987.12）

● 媽媽鳥

　　女兒說，媽媽不但要會燒菜、煮飯、洗衣服，還要會說故事、玩遊戲才可以。做家事可以有人、有機器代勞，陪孩子可就難辦了；我想做媽媽的真得像個魔術師才行，忽而是棵樹，馬上又要變成一隻大鳥了。

　　阿寶和小皮玩累愛睏了，都要媽媽用手輕輕拍打她們的肩頭，才肯入睡。我只好公平兼顧，一個女兒分配一隻手，躺在她們中間，像隻大鳥輕輕鼓動雙翅，哄女兒進入甜美的夢鄉，做隻媽媽鳥似乎已成了每日的晚課呢。

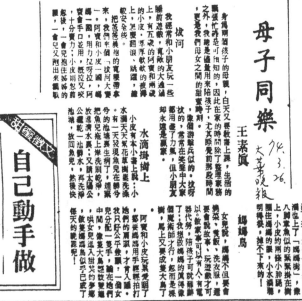

母子同樂，大華晚報副刊剪報。（1985.3.26）

軍人妻

原刊登於青年日報青年副刊 74.11.09（1985 年）

結婚七年多了，他是個軍人。想當初，壓根兒也沒考慮到他的職業特殊，便毅然下嫁了。全家人都擔心不已，因為做個「軍人妻」是辛苦的，他屬於國家，不能全心照顧妻小。

的確，七年多來，有多少回是我自己一人夜半抱著孩子去敲醫生的大門？自己一人去扛回十餘公斤的軍眷配給米，自己一人跑銀行、市公所去洽公，自己一人修馬桶水箱、電燈泡，自己一人帶著兩個小人兒牽扯拖拉地上街，……太多太多的「孤軍奮鬥」了，整理家務靠自己，管教孩子靠自己，幾乎連分憂解勞、共享喜悅也是自己一人了。只因為他是軍人，軍人妻就得比旁人更為堅強、獨立和自主！

其實，初結婚時，我一點兒也不堅強獨立。新婚燕爾，南北乖隔，十天半個月他才從高雄回家一趟，相聚二三十小時，又要分離，在門口道別時，總是淚水漣漣，枕巾常濕，恨透了他「為什麼要當軍人？！」直到有了孩子之後，生活重心逐漸轉移，日子也較為繁忙，依依不捨仍是難免，但一忙著沖牛奶，換尿布，淚水也就無暇外流了。如今每當他要回部隊時，心裡牽掛

猶存，但是兩個女兒總是左擁右抱忙著和爸爸吻別，我幾乎只有旁觀的份兒了，縱有什麼依戀，也沒啥機會表現，沒啥好說的啦！堅強、獨立和自主的「軍人妻形象」就是如此熬出來的呀！

他常說：「人在江湖，身不由己。」為了補償對我們照顧不週的愧疚，每次回家時，他的背包裡總是裝滿了家裡的生活必需品—肥皂、洗衣粉、醬油、味精和醬瓜，還有女兒的奶粉、餅乾等。回家前他會在電話裡問：「要帶什麼嗎？」原本不太好意思增加他的負擔，但為稍稍紓解他的愧疚，就讓他表現一下對家的參與感，讓他帶些東西回來吧！於是他成了家中物質資源的「補給員」，每每如駱駝般背回家裡的需要。每次一得知他將到家時，兩個女兒總會列隊在門口守候迎接，老大喊口令，老二笑吟吟的舉著小胖手放在耳旁敬禮，如此盛大的歡迎隊伍，這個「補給員」可真威風神氣，挺有價值的呢！

軍人和他的妻小最缺乏的就是家庭生活了，一

眷探，即軍眷到軍營探望，妻女中秋來訪。（1988.9.25）

家人難得團聚。他在家的日子，我們總多利用機會全家人一起行動，出外郊遊、走走、散步、打球都好。但是我們最常有的活動卻是：大掃除和聊天。他在家的時候，就是家裡的清潔日，基於補償心理，他也是儘量多做家務事，雖然一個月才那麼三、四天吧？但總也算是個「有心人」──有良心的人。為了不疏遠彼此距離，孩子和我也愛和他談天說地，溝通觀念，互訴心曲；他甚至為防孩子「不識其父」，竟天天花錢打長途電話回家，和我們閒話數語，做個「安全回報」呢。

唉！有夫若此，似乎也沒什麼可再苛求的了。我這「軍人妻」不也做得習慣了嗎？夫妻、夫妻，就湊合湊合吧！這篇小文就當它是他──黃奕炳和我「七年之癢」的紀念兼「止癢」劑吧。

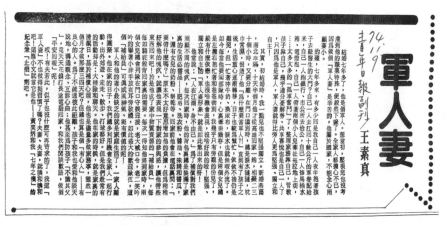

軍人妻，青年日報副刊剪報。（1985.11.9）

軍眷生涯不是夢

原刊登於青年日報青年副刊 85.09.03（1996 年）

　　當個軍眷滋味如何？很多不知情的局外人會說：「小別勝新婚，永遠甜蜜蜜，多幸福呀！」其實是聚少離多，有太多比吵架更要緊的事可做，沒時間、也沒機會好鬧事兒。也有心疼小女子一人當三人用，母兼父職、雙親角色一人挑，外帶職場打拚，忍不住讚嘆：「真勇敢！真獨立！了不起呀！」殊不知每天起早趕晚，料理家務，柴米油鹽燒飯洗衣做飯盒，大孩兒要督導功課加接送，小孩兒把屎把尿送保母，偶而發燒感冒鬧病痛，哪一天真能毫無壓力一夜安眠到天明？在勇敢獨立堅強的外表下，其實也有顆脆弱的心，寂寞、酸澀、怨苦、憂急，卻找不到強壯的臂膀可倚靠，沒個人兒在身畔傾聽呀！

　　認識外子逾二十一年，結婚也快到十八週年了，除了結婚當天，男主角親自出席外，其餘每次結婚週年紀念，都是小女子一人獨自反省：「這個婚姻賭注究竟贏了沒？」記得結婚前，祖父母和爸媽雖不反對，卻頻頻質疑：「嫁個軍人，保險嗎？」、「男人在部隊，能照顧家庭嗎？」、「萬一打仗了，怎麼辦？」、「部隊四處移防，家眷也跟著流浪調動嗎？」甚至老媽還出奇招：「你已有固定收入，可以養活自己，乾脆別急著嫁

人嘛！」

　　當年是有點迷糊，也有點固執，只覺得軍人正派英挺，當個軍眷有何不可？其餘什麼現實問題全拋諸腦後。結果，結婚後在娘家附近購屋，一住十年，兩個女兒都是外婆幫忙拉拔長大，家居算是安定。八年前，學校調動，搬至內湖，也離家姊不遠，有個照應，總算沒有浪跡天涯四處為家，娘家一票親友長輩就沒有異議了。

軍旅生涯 41 載退伍後，大寶返台的全家福照。（2018.08）

　　家雖安定，但外子身羈軍旅，畢業後留校服務七年，差點兒就可以拍「黃埔軍魂」了，然後北上就讀政治研究所二年，碩士班一畢業，又是苗栗、東勢、台中港、後龍……隨他去了。十多年來，聽多了他的某同學離婚、某學長家變、某學弟老婆精神異常，當我情緒低潮時，不免嘀咕「為什麼這麼笨！幹嘛嫁作軍人婦？有苦說不出啊！」這時候，老大哥同事會說：「他又不是今天才當軍人的，難道你婚前不知道？自己選的，怪誰？」然後來個「反思考訓練」大談他的可取處。就這樣，我想再抱怨也師出無名了，凡事自己承擔吧！

　　再說，也由於外子長年不在家，讓我有更大自由揮灑空間，和同事情誼也更深厚，交了不少知心好友。同時，外子也因心懷愧疚，每次回家，就忙不迭地幫忙打掃屋子、檢修水電、修剪花草，當然還包括採購家用品，還有訓誡一下孩子們，免得老子不在家，小子膽敢跟老娘造反。這些都算是額外服務或補償吧！

　　有人說：「結婚生個小孩是義務，生兩個就得看交情囉！」當我們生下兩個女兒之後，外子常沾沾自喜地向人炫耀：「你看！我們夠交情吧？」一反他平日的木訥。其實，我知道他瞭解我愛孩子甚於自己，有了女兒拴住，就不怕老婆跑了！有趣的是，生下小女兒十年後，我們應眾親友要求又生下小兒「多多」，真的是趕時髦兒，中年得子，多個孩子作伴，家中氣氛著實熱鬧多了。外子每日固定電話「平安回報」，除了問候妻兒大小的例行對話外，很自然增加了「大軍官與小番兵」

的扯淡。休假日從奶粉尿布採購，到陪多多學步，以至父子登山跑步，看外子糾正三歲半的多多腿併攏、頭擺正、手指觸眉尖，如何立正行徒手禮時，小多多一臉笑意，外子更是掩不住的得意，我知道我又上當了，他將要說我們交情好得沒話說了。

中國字兩個人是「從」，三人就成「眾」了。所以平日一個人帶一群成眾的孩子，是頗辛苦的。尤其我們又不住「竹籬笆」內，沒有過去眷村中家戶相鄰、雞犬相聞、彼此幫襯的便利，因此，台北居大不易，不只要賺錢養家、照顧孩子，更要拓展鄰里關係，敦睦情誼，建立人際網絡，如此才不至於「落單」。當小女子把自個兒的家整治得井井有條，婆家、娘家親友往來也打點得面面周全，公務當然更沒誤事兒，人人都誇好時，我不由得自我膨脹，飄飄然地對外子發嗔：「你看，虧你娶了我，否則誰能承受這麼大的壓力？不早就粉身碎骨才怪！」正切著西瓜的外子一會兒之後才幽幽接口道：「幾年前，我在守海防時，每次坐火車回苗栗，就希望火車一直往前開，最好別到站，可是一看到後龍的四根大煙囪矗立眼前，就只好回到現實，再回去面對每一天不可知的海防狀況，生恐有什麼閃失。這才是壓力呀！」

這麼大的壓力！軍人的壓力！聽他說出深藏多年的「秘辛」我腦中凜然清醒，原來他當兵也不好受哇！只是賴皮的我還是要說：「你就是沒有體驗過當軍眷的壓力有多大，下次你逃兵、我逃家，咱們換人做看看，

如何？」十八年軍眷生活，有笑有淚，有甜有苦，明天是會更好？我不知道，不過地球將照轉，太陽也依舊升起，我也還是個不折不扣、跑不掉的軍眷。

軍眷生涯不是夢，青年日報副刊剪報。（1996.9.3）

國家圖書館出版品預行編目資料

樂齡阿嬤來開講／王素真 著. --初版. --臺北市：博客
　思出版事業網, 2022.05
　　　面；　　公分. --（現代散文；15）
　　　ISBN：978-986-0762-21-1（平裝）

863.55　　　　　　　　　　　　　　　111003729

現代散文 15

樂齡阿嬤來開講

作　　者：王素真
主　　編：楊容容
美　　編：凌玉琳
校　　對：楊容容、古佳雯
封面設計：塗宇樵
出　　版：博客思出版事業網
地　　址：台北市中正區重慶南路1段121號8樓之14
電　　話：(02)2331-1675或 (02)2331-1691
傳　　真：(02)2382-6225
E—MAIL：books5w@gmail.com或books5w@yahoo.com.tw
網路書店：http://bookstv.com.tw/
　　　　　https://www.pcstore.com.tw/yesbooks/
　　　　　https://shopee.tw/books5w
　　　　　博客來網路書店、博客思網路書店
　　　　　三民書局、金石堂書店
經　　銷：聯合發行股份有限公司
電　　話：(02)2917-8022　　　傳真：(02)2915-7212
劃撥戶名：蘭臺出版社　　　　帳號：18995335
香港代理：香港聯合零售有限公司
電　　話：(852)2150-2100　　傳真：(852)2356-0735
出版日期：2022年5月初版
定　　價：新臺幣 280 元整（平裝）
ISBN：978-986-0762-21-1